# エロスの果て

松尾スズキ

白水社

# エロスの果て

装丁　松尾スズキ＋斎藤拓
写真（カヴァー・表紙・扉）　大橋仁
モデル　鈴真紀

目次

## 登場人物

サイゴ
小山田
カドカワハルキ
ジュン
峰子
ハル
アズミ
サヤカ
ドーン・ダベンポート
醍醐
掃除夫

カドカワハルキの父・母
ピーチ
スパイダー・カドカワ
葛井
社員1・2・3
蟬丸
イマヲ
ムネ
臼田
ナツコ

まるで水底《みなそこ》のようだ。

サイゴが立っている。

傍《かたわ》らに、半裸《はんら》の三人の風俗嬢が座っているのがわかる。峰子《みねこ》、ハル、アズミ。

サイゴ「一九九九年。七月のある早い朝。生まれた。そう。僕の話。まあ、とにかく聞いてほしい。僕は池袋のイメージクラブ『ミス・サイゴン』の待合室で、三人のイメクラ嬢に見守られながら、ローションプレイ用のピンクの浴槽の中にポチャリと産み落とされた。聞くところによると僕の本物の母親は17歳の不法就労者で、当時ですら最低最悪にかっちょ悪いドラッグだった安物の有機溶剤、シンナーが提供する目が眩《くら》むほど安っちい幻覚に酔い痴《し》れたまま産気づいた。要するに100％クレージーな母親から僕は産まれたという話。にしても問題は愛のないセックスだ！　何にさしおいて魂の純潔を最優先する僕らには考えられないことだが、前の年、薄汚い神楽坂《かぐらざか》のディスコティックのトイレで、僕は名前も知らない出会ったばかりの男に、種《たね》付けられた。20世紀の終わりにはそんな無茶《むちゃ》もまかりとおっていたという話。もし、タイムマシーンなんてものがあって自由に時間を行き来できるなら、僕は迷わず、その時のディスコのトイレに直行して叫ぶだろう。……頼む。外に出してくれ！」

轟音《ごうおん》とともに巨大な、真っ赤な何かが客席の頭上を飛び越えていく。
燃え上がりながら飛翔《ひしょう》する龍のようだ。
見上げる人々。

サイゴ「言いづらいことだから一度しか言わない。僕は、愛のないセックスで生まれた。いや、生まれたなんて言葉は、ちと、お行儀がよろしかろう。三人の母ちゃんの伝によれば、ノストラダムスの予言を信じ切っていた愚かで無学な母親に、僕はまったく悪い冗談のような名前を付けられた。僕の名はサイゴ。僕は、この世のサイゴを、どっかに行っちまった母親と見届けるためだけに、この世に一人、……放《ひ》り出されたんだ」

爆音。
消防車のサイレン。濛々《もうもう》と吹き荒れる煙。
血塗《ちまみ》れの人々が、救急隊員の手によって運ばれていく。
幻覚のようでもある。
フラフラと歩いているサイゴ。何か地面で光っている。
プラグのようなものだ。拾う。

女が一人、現われる。半裸で、血塗れだ。

女「……なんか、ちょっち、具合が悪い」
サイゴ「……（手に隠す）」
女「あいったーす。まじで痛いわ。なんなのこれ」
サイゴ「爆発。爆発があったみたいですよ」
女「（舌打ち）ああ。もう。テンション、下がるわ。何？　駅が爆発？　電車が爆発？」
サイゴ「違う。何か、飛んできたらしい」
女「飛んできた？　ああ、ちくしょう、痛い」
サイゴ「隕石《いんせき》か何か」
女「なんだよ、もう。調子、狂っちゃう。ひょっとして、カドカワの家に落ちたの？」
サイゴ「何？　お、おばさん、カドカワくん知ってるの？」
女「だー！　忘れて！　わたし、すごい怪我してんじゃない。もしかして」
サイゴ「顔」
女「ああ、顔ね。メチャクチャ痛いもん。手術だな、へたすると。……ねえ、ぼうや。ひい、ひらったでしょ」
サイゴ「ええ？」

女「あたしの大事な、あれ」
サイゴ「いや……ひろってないし、ぼうやじゃない」
女「隠したでしょ。見たのよ、ねえ、お願い。早く返してくんない？　ねえ、それ、危ないからほんと」
サイゴ「……あ、あんたが落としたって証拠は？」
女「光ってる。手の中で」
サイゴ「……あ（見る）」
女「えへへへ。あたしが近づくと、光るんだ。そういうふうにできてる。返しなよ。危ないんだよ！　『アーッ』てなるよ。子供が持っててていいもんじゃないんだよ！」
サイゴ「子供じゃない！　僕は生まれてこの方、子供だったことなんて一度もないんだ！」
女「（叫ぶ）返してよ！」

暗転。

タイトル『エロスの果て』

明るくなると、サイゴと小山田《おやまだ》が立っている。

小山田が持つ鏡の前で、サイゴは、極端な刈り上げを櫛《くし》でしきりに撫《な》でつけている。
二人のシャツには龍の刺繍《ししゅう》がある。

小山田「もっと鏡、見て。サイゴくん！」
サイゴ「おうす」
小山田「また、夢に出た女のこと、考えてたでしょ」
サイゴ「夢じゃないよ、あれは」
小山田「集中して！　サイゴくん、身繕《みづくろ》いに集中して！」
サイゴ「うん」
小山田「ただ集中しちゃ、だめ。三段階の手続きを踏んで、集中して」
サイゴ「命令するのは、こっちの仕事」
小山田「これは、失敬」
サイゴ「僕と小山田くんは幼なじみで同い年。五年前から二人で、この2DKで三万円の、格安マンションに住んでいる。窓からは東京に初めてできた原発が見える。最高の景観。（小山田に）小山田くん、自分に見とれてないで（前髪の）垂《た》れ具合チェック」
小山田「ん。いい垂れ具合さ。も、思うさま、垂れ輝いてるね。が、しかし、先端を少し捻《ひね》ろうか。今日は捻ろうか」

サイゴ「うーん。そう？」
小山田「いざ、捻ろうか」
サイゴ「オーケーイ。じゃあ、小山田くんは川柳《せんりゅう》を捻ろうか」
小山田「はい、捻りましょう。前髪を垂らして捻ろう、サイゴくん」
サイゴ「ナイス実力不足（書き忘れたが、二人ともチョビ髭《ひげ》である）。（客に）その日、僕と小山田くんは、とある印刷会社に就職の面接に行きましょうって腹で、当然はずせないお洒落《しゃれ》にもことさらナーバスになってるって話。なにしろ、僕らにとってキマってないってことは、死んでるってことと同じなんだから。（小山田に）チョビ髭チェーック」
小山田「ん。見事なチョビであり、それでいて、チョビすぎず。んー。いかにも君っぽいチョビなんじゃないの？」
サイゴ「で、トータルでどう？　僕の総合得点は」
小山田「くうううん。ひゃあくてえんでしょう」

神経質に小山田の鏡に見入るサイゴ。

サイゴ「つうかさ」
小山田「はい。つうかさ、いただきました」

サイゴ「いただきました、つぅかさ」
小山田「つうかさ、もうひとついただきました」
サイゴ「ズボン、はいてないじゃん！」

サイゴの下半身はブリーフ一枚だった。

小山田「がは！　灯台下暗《もと》し！」
サイゴ「……」
小山田「おかんむり？」
サイゴ「……カドカワくんが今の僕ら見たら、なんて言うと思う？」
小山田「……カドカワくんのことは、言わないで」

激しく小山田を殴るサイゴ。

小山田「ごめん！」
サイゴ「ズタズタだよ！　0点もいいところだよ」
小山田「今、ズボン、持ってくる！　すごい持ってきかたで、持ってくる」

▲

**阿部サダヲ**

（サイゴ）

サイゴをやる人は、
冒頭のセリフ
「そう。ぼくの話。まあ、とにかく聞いてほしい。」
ここに気を付けて下さい。

サイゴ「いやだ。もう、悔《くや》しくて、このまま外出！」
小山田「だめだめ！」
サイゴ「このまま就職！　そして、飛び込み営業！」
小山田「ズボン、はこうよ。今からでも遅くないよ！」
サイゴ「このまま、モデル界に進出！」
小山田「無理だからあ！」
サイゴ「だって、おそまつじゃない。何、その、やっつけ仕事。ズボンはき忘れたからズボンはくなんて、すっごい、平平凡凡。君の発想はね、沸点が低い。新聞の4コマ漫画。も、君の頭は、お手ごろ価格。もう、卸《おろし》売り大市。春の君《きみ》祭り」
小山田「落ち着いて。サイゴくん、落ち着いて」
サイゴ「こんな気持ちのままじゃ、面接できないよ。面接前のナーバスな気持ちを努めてクールに冗談にしましょうと頑張っていたのに。考えて！　いつも僕に対してパーフェクトな下僕である小山田くんであってほしい僕じゃない!?　パスしたらトスする小山田くんであってほしいわけじゃない!?　今日の小山田くんはなんだろう？　も一度言おうよ、なんだろう？　もう、濁音すらもったいないよ。なんたろう？　考えて！　おやまたくんはなんたろう？」
小山田「……この世で唯一のご主人さま、……サイゴ君の奴隷でございます」
サイゴ「じゃあ、奴隷らしい輝きを見せてよ！　奴隷光《びか》りしてよ！　てかってよ！　もう、僕はね、僕はね、おならで走りたいよ！」

叫びながら、お尻の肉で走りまくるサイゴ。

小山田「（耐えられず）怒るぜ！」

小山田、サイゴの髪をクシャクシャにする。

サイゴ「（愕然《がくぜん》）ダメージヘア！」

ふさぎこむサイゴ。

小山田「（時計を見て、サイゴの髪を櫛《くし》でときながら）まだ、一時間ある。ね、面接に行こうよ。でないと、ゲームが始まらないよ。ほら、またグーッと持ってきたぞー。まだまだ持ってくる準備はあるぞー」

サイゴ「僕と小山田くんは、今のところ、すごく対等じゃない。毎年のゲームの結果が、鋭く、僕らの立場を左右する」

峰子が弁当を持って現われる。若い女・ジュンを連れている。

峰子「よう。面接、行くんだろ？」

二人「母ちゃん」

峰子「弁当、持ってきた。試しに」

サイゴ「ありがとう」

峰子「うん、でも、あんまり期待しないで。あくまで、試しに作った弁当だから」

小山田「試しにって、でも、弁当なんでしょ？」

峰子「うん。かろうじて」

小山田「何、かろうじてって」

峰子「まあ。あんまり信用できる弁当じゃない。弁当だからって、弁当とは限らないし」

サイゴ「えええ？」

峰子「弁当っていうには、まだ七分咲きっていうか」

サイゴ「わかんない弁当だな」

峰子「うーん、やっぱドロンするわ」

サイゴ「ドロンしないでよ」

峰子「今日はあたしの負けだ」

小山田「まだ戦ってないよ！　ガシガシ、戦っていこうよ！」

峰子「あ、そうだ、紹介するよ。新人（小指を立てる）」

小山田「うっそ。またあ？」

峰子「つうか、何？　なんだい、その顔。腫《は》れてるなあ」

小山田「……」

峰子「サイゴ」

サイゴ「はい」

峰子「奴隷ごっこもいいのだけれども、あんまり、あれだよ、血ぃ出ない程度にやってよ。こいつ、体、悪いんだからさ」

小山田「ごっこって言い方、失礼なんじゃない？　彼だって、心得てるさ。遊びでやってんじゃないいんだから」

峰子「熱くなんなよ。朝から活発だな。活発な蠕動《ぜんどう》運動だな」

小山田「蠕動運動なんて、してないよ。僕は毛虫でないぞ」

峰子「こいつさ、ジュン。明日から働いてもらうんだけど。大分《おおいた》の、あの別府《べっぷ》から出てきたばっかで、盛り場あんまし知らないっつうから、ちっと遊んでやってくんない？」

サイゴ「ええ？　母ちゃんがやればいいじゃない」

峰子「女は、グジグジ言うから、どうもめんどーくせえんだ」
サイゴ「んなあ。ちょっとばかし、男だと思ってえ」
峰子「もうさ、試しに、あたしのこと母ちゃんって呼ぶの、やめてみない？」
サイゴ「何、それ？」
峰子「父ちゃんでいいよ、もう。ほれ、このへんからグラディエーションでお父さんになってきてるでしょ。うん、とくにこの辺りからはお父さん値《ち》がかなり高いっていう、評価があるよね」
小山田「誰の評価なのよ」
峰子「グッとあがってんだ、このへんの評価が。土地でいえば、千歳船橋《ちとせふなばし》くらいかな」
小山田「微妙な評価だなあ」
峰子「まあ、男としては、まだまだ、おまえたちの後輩だけどね」
サイゴ「峰子母《かあ》ちゃんは、元『ミス・サイゴン』のイメクラ嬢で、今は、風俗店の店長だ。僕の一番目の育ての親であり、小山田くんの生みの親でもある。生粋《きっすい》のレズビアンである母ちゃんは、小山田くんを産んだ後、ついにホルモン剤の投与を始め、男の人生を試している盛《さか》りだ」
峰子「髭も生えてきたしさ、乳もな、もう、ないことになっちゃってるし、声が、なんか作ったみたいな声だし」
小山田「うん、作ったみたいな声だよ」

▲
**伊勢志摩**
（峰子）

稽古場の近くの床屋にヒットラーの写真を持って行って、この時の髪型、刈ってもらいました。米良美一の写真持ってパーマ屋行ったこともあります。
このようなことに激しくエネルギー使ってるから、
本番直前に左ひざ脱臼とかしてしまうのかもしれません。

峰子「だからそろそろ、もう、一人称『俺』でいきたいんだよね。『あたし』もないだろって。こんな甲虫《かぶとむし》色のブルゾン着て。もう、女か甲虫かっつったら、甲虫のほうに近いもの。甲虫つうか、もう、べっこう飴《あめ》でもいいよ。この辺、なめてみろ。でも、44年間のべつまくなし『あたし』は『あたし』だったじゃん？　のべつってなんだろ。ま、いいや。だから『俺』っていう、スイッチがなかなかに入んなくてさ。あんたらが父ちゃんって呼んでくれたら、その勢いにブリって押されて、おう、『俺、俺』って自然に出る構造になってるんじゃないかって思ってね。あたしの内部」

小山田「そんな内部構造は、いやいや！」

峰子「えへへ。まあ、お互いのさ、最大公約数を見つけていこうじゃない。ね」

サイゴ「まあまあ。あがってよ。せっかくだから。お茶入れる。（客に）峰子母ちゃんは、僕がこの世で二番目に尊敬する人物だ。そうだ。出かける前に母ちゃんたちのことを話そう。僕が峰子母ちゃんの次に尊敬するのは、僕の二番目の母ちゃんで、ピアッシングマニアの風俗嬢、ハル母ちゃんだ」

半身を出す、すごいピアスだらけのハル。

サイゴ「そして、最後に尊敬するのが、三番目の母ちゃん。タトゥーマニアの風俗嬢、アズミ母ちゃんだ」

顔中に刺青《いれずみ》を入れたアズミ、半身を出す。

ハルとアズミ、笑いながら現われる。

サイゴ「二人とも、子供心にやりすぎだと思っていた。やりすぎで、プライドが高くて、そしてものすごく仲良しだった」

アズミ「サイゴ、見て見て、母ちゃんね、今、増やすの流行《はや》ってんの」

サイゴ「増やすの？」

アズミ「指！　二本、増やしちゃった！」

サイゴ「すごい！　動くの？」

アズミ「さすがにねー」

サイゴ「動かないんだ」

アズミ「プラップラしてるんだ。ラブリーでしょ」

サイゴ「うん」

アズミ「でも、好きだよ。ハルちゃんからもらったの」

サイゴ「え？」

ハル「ああ。今、あたし、減らすの流行ってるから（三本指を見せる）」
サイゴ「なんで？　切ったの？」
ハル「いや、アズミにほしいって言われてから気がついたんだけどさ、あれ、ここの二本、いらないな、って思ってさあ。まあ、将来的にはもっと減らす方向性で行こうと思ってる。なんかこう、ギスギスした体でありたいね」
アズミ「あたしは、赤塚不二夫のマンガでさ、暴れてる人あるじゃん。『わーっ』てなってる、ああいうかわいい体に、暴れてないのになりたいなあ」
サイゴ「わ、わかんないけど、すごいね、二人とも」
アズミ「失礼だね。すごいって、何？　ものすごい、でしょ」
ハル「（アズミと肩を組み）サイゴ。あのさ、世の中にはギリギリセーフってものは存在しないんだよ」
アズミ「そうそう。ラブリーか、デストロイ。それ以外はもう、あたしらには見えない」
峰子・ハル・アズミ「ものすごく生きれないんだったら、ものすごく死んじゃいたいよね」
サイゴ「それが三人の口癖だった。増えていく母ちゃん。減っていく母ちゃん。そして父ちゃんになっていく母ちゃん。三人の母ちゃんに、僕は、命、丸ごと胴上げされるように愛された。それはなかなかにご機嫌な毎日だったけど、もちろんみなさんのご期待どおり。ご機嫌てのは、そうそう長くは続かない」

ビデオを持った男、登場。

男「5、4、3、2、1、スタート」

すごい照明と音楽の中、ハルとアズミを撮る男。

サイゴ「いつのまにか、蟬丸《せみまる》というポルノ男優あがりのAV監督が、我が家に住みついた。蟬丸の撮る超マニアックなビデオに出演していたハル母ちゃんとアズミ母ちゃんは、まずいことに、同時にその男を愛してしまったんだ」

大喧嘩《おおげんか》するハルとアズミ。

割って入る、峰子。

峰子「二人とも、そんなに蟬丸が好きなのか？」

二人、うなずく。

峰子「間《あいだ》を取って、あたしじゃだめなのか」
アズミ「だめだし、間じゃない」
峰子「あたしのいいとこ、探してみないか」
ハル「この男が好き！」
峰子「あたしと、お風呂に入ってみないか」
アズミ「あたしだけのものにしたい！」
峰子「聞いちゃあいないか。……蟬丸さん。どっちか、選べないのかい」
蟬丸「……（首を振る）」
峰子「じゃあ、二人が一人になるしかないねえ」
ハル「……どっちか一人が」
アズミ「死ぬってこと？」
峰子「……さあね、あんたたちで、よーく考えるんだ」
サイゴ「そしてハル母ちゃんとアズミ母ちゃんは、蟬丸のビデオカメラのレンズに吸い込まれるように、僕らの前から姿を消し、ご機嫌な生活は幕を閉じた。二人から消印のない手紙が届いたのは、その一年後のことだ」

蝉丸、ハル、アズミ、去る。
天から、手紙が降ってくる。

サイゴ「……（読む）愛の意味が知りたくなったら。私たちを探してください。……もう、12年も前のことだ。（峰子に）せっかくだからさ、お茶、入れるよ。あがって、あがって」

サイゴ、去る。

峰子「何？　時間、大丈夫なの？」
小山田「まだ。全然。ちょっとあがっていきな」
峰子「いや、やめとくよ」
小山田「えー？」
峰子「ジュン。おまえ、弁当、持ってけ」

ジュン、弁当を持ち、家にあがる。

峰子「大変な面接なんだろう？　邪魔しないよ。しっかり食べときな」

小山田「……知ってるの？」
峰子「……何にせよ、邪魔しないよ。もう、時間がないんだろ？」
小山田「……」
峰子「まあ、父ちゃんて呼ぶ件、試しに検討しといてくれよ。（去る）これから、ちっとさ、チンコでもつけにいこうと思ってんだ」
小山田「チンコついても、母ちゃんは母ちゃんだよ」

間。
窓から外を見ているジュン。

小山田「原発、珍しい？」
ジュン「あそこって、昔、『恵比寿《えびす》ガーデンプレイス』って言ってたんでしょ？」
小山田「無駄なこと知ってるね」

落ち着かなくなる小山田。

小山田「（ジュンに）……ジュンだっけ。ジローだっけ。ゲンイチだっけ。田村玄一だっけ」

ジュン「ジュン」
小山田「（そわそわ）そぅ。田村玄一」
ジュン「ジュン」
小山田「じゃ、ゲンさんね。大工のね」
ジュン「ジュン！　ジュン！」
小山田「あ、そう。ジュンで、おめでとう。ハイ、ジュンに大きな拍手を！」
ジュン「……やめてよ！」
小山田「ジュンジュンジュンジュンジュン！　自己主張が激しいんだよ」
ジュン「ごめん」
小山田「いくつ」
ジュン「19」
小山田「！　一緒じゃん。ちゅーーぐらいのショック。ちょっとさ、巻きで成長したほうがいいよ。ケツがあるんだから。なんのケツか知らないけど」
ジュン「……ごめん。ちょっと、東京初めてなもんで、ついていけてない部分が」
小山田「東京、関係ないだろう。母ちゃんと付き合ってるの？　やってんの？」
ジュン「……レズじゃないから」
小山田「一回は、やったでしょ」

ジュン「……うん。流れで」
小山田「なんとなあく、なんだ。お洒落感覚なんだ。プ、プラダのバッグを質に入れるってことと、チンコをマンコの中に入れるってことの違い、わかる?」
ジュン「たぶん」
小山田「……東京にさあ、何を期待してるの? ……レベル、高いか? この質問。……じゃあね」

サイゴ、お茶を持って（ズボンをはいて）現われる。

サイゴ「ズボン、冗談で買ったやつしか、ないよ。……あ」
小山田「ほめられて輝くタイプ? けなされて輝くタイプ?」
ジュン「え? ……いや。どっちかな」
小山田「いいよ。考えなくて。どう答えたって、そうですか、で終わる話なんだから。真剣に考えられたら、逆に、こっちもすごいオチ用意しなきゃって話になるでしょ。そんな負担は、僕には重いよ。フウフウいっちゃうよ。急な坂道だね、君は。え? おろ。何? 逆にさ、ほめられて輝くって言われたら、俺、君のことほめなきゃいけないの? 君のこと、ほめろってか?」
ジュン「……ごめん。東京、初めてなんで」

小山田「なんで東京のせいにするの？　東京が君に何したの？　東京には空がないって智恵子《ちえこ》が言うの？」
ジュン「ち、智恵子？」
小山田「じゃ、ほめるよ！　おまえ、最高にかわいいよ！　（抱き締める）」
ジュン「……」
小山田「さあ、輝いて」
ジュン「ええ？」
小山田「輝けよ、早く！　ほめた分、元手がかかってんだからさ！　輝けないなら、金、出せよ！」
ジュン「……ああ……（困って目を見開く）」
小山田「何それ！　あんた、目からビームでも出そうっての？」
ジュン「してない、してない！」
サイゴ「小山田くん」
小山田「ビーム、出してよ。肩に当ててよ。こりが治るよ！」
サイゴ「何やってんの？」
小山田「わあ！」
サイゴ「（心配）なんなら、僕が輝くっスよ」
小山田「いや、君はもう。充分」

サイゴ「ＯＫっスか？　ＯＫっスか？」
小山田「やめて、その後輩口調」
サイゴ「峰子母ちゃんは？」
小山田「ああ、帰った」
サイゴ「……あっちゃあ。なんだあ……なんだよう」

小山田、サイゴを連れて離れたところへ。

小山田「恥ずかしながら、し、真剣な質問、いい？」
サイゴ「はい、聞きましょう」
小山田「ジュンってさ……あの子、かわいいよね」
サイゴ「え？　うん。ブス好きの峰子母ちゃんのツレにしちゃあ」
小山田「く、くどいてたの、見られちゃったかな？」
サイゴ「え？」
小山田「……えへ」
サイゴ「あれ、くどいてたの？」
小山田「（うつむいて真剣に）惚《ほ》れたんだ」

サイゴ「えー。ちょっと待って。心臓、バクバクしてきた。何かがおかしなことになってるぞ、なんだろう、この世界感は。何？　君の物語のあの、君物語の中じゃ、あれって、くどいてる物語になってるの？」
小山田「まず、ほめられて輝くタイプかそうでないか、聞き出した。どう。ニクい線、いってるでしょ。恋のエクササイズとしては」
サイゴ「……（頭を抱えて）うーむ、聞・き・出・せ・てたかなあ」
小山田「そして、ムードが高まったところで」
サイゴ「高・まっ・て・たかなあ」
小山田「最高にかわいい、って言っちゃった。きゃ」
サイゴ「ストップ・ザ・小山田くん。ちょっと、深呼吸しよう。あの……僕にはね、かつあげをやっているようにしか見えなかったよ」
小山田「！」

燃えるような目で小山田を見ているジュン。

サイゴ「最高にデストロイな奴だったよ、君」
小山田「薄々気づいていたけど、やっぱり！」

崩れ落ちる小山田。

サイゴ「ほれ、もう、向こうはバッチリ、戦闘態勢だもの。肉投げたら飛びかかるってカタチになってるもの。もう、サファリパーク？　ここは？」
小山田「どうして僕はいつも……」
ジュン「面接！」
小山田「え？」
ジュン「行くんでしょ。峰子さんに頼まれた。ちゃんと二人が面接行くように見張ってろって。遅刻しそうになったら、高圧電気をかけろって。（恐ろしげな機械を出す）さっき、試しにカラスにかけたら、死んだ。大丈夫かな」
小山田「やめて」
サイゴ「スパイかあ。用意周到。母ちゃんのやりそうなことだ。わかった。行くよ。降参、降参。その代わり、頼みがある」
ジュン「……？」
サイゴ「僕と小山田くんの戦いを、君に、ジャッジメントしてほしいんだ」
小山田「あ、それ、いいかも」

ジュン「ジャッジメントって？」
サイゴ「どっちがものすごい面接か、君に判定してほしい」
ジュン「何？　ものすごい面接って」
サイゴ「なんかもう、すさまじい、嵐のような面接さ」
小山田「も、今までの就職の概念を根底から引っくり返すような面接さ。もう、ＩＢＭに採用されたのに、ａｍｐｍに通っちゃう、みたいな。ａｍｐｍの社員が通うなよお、つっても、いやいやいや、通うなよじゃなくて」
サイゴ「なんで通うの？　君、ＩＢＭでしょお」
小山田「いやいや、なんで、じゃなくて。つって、通うみたいな（激しく咳き込む）」
ジュン「想像つかないよ」
サイゴ「（小山田に）大丈夫？　よし、その前に、カドカワくんを誘っていこう」
小山田「カドカワくん。忘れるとこだった。さすがサイゴくん。抜け目がないや。これだから、信用できるんだ。（ジュンに）最高だろ？　サイゴくん。ね」
ジュン「あ……うん」
小山田「わかったら、さっさと行けよ。グズだな。ほら。シャツ入れろよ、スリムなズボンに、かっこ悪いな」
ジュン「……」

ジュン、去る。

小山田「どう？　友達思いで頼りがいのあるシャープな男である僕を、アピールできたかな」
サイゴ「小山田くんは、一度、生まれ変わったほうがいいよ」
小山田「やっぱり！」
サイゴ「僕と小山田くんは、三年前、このマンションに住みはじめてから、定期的に勝負をしている。負けたものは、次の勝負まで相手の奴隷にならなければいけない。今のところ、僕は、全戦全勝。身の回りの世話はすべて小山田くんがやってくれている。僕たちは、二人で一人だ」
小山田「でもね、あの子の手前、悪いけど今回は僕に勝たせてもらうよ」
サイゴ「ふふ。でも、忘れるなよ。今日の面接は、ゲーム以外にもうひとつ目的があるんだらね」
小山田「目的。さて、サイゴくんに代わって、今日の面接の目的に鋭くかかわっている人物。僕たちが最も尊敬していた天才、カドカワハルキくんのことを話してみたい。していた、と、ちょっと微妙な言い回しになっているわけは、おいおいわかると思う。もちろん、ずいぶん昔にクスリをいっぱいやって世間を騒がせたやんちゃな大人とは同姓同名の別人だ。むしろ僕らにクスリやアルコール、その他『魂の純潔』を汚すものへの憎しみを徹底的にたたき込んだのが、町一番の神童、カドカワくんなんだ」

カドカワ、登場。

カドカワ「よう。小山田くん。サイゴくん。こんにちは。僕は8歳なのに生徒会長になったよ。しょうがないよね、実力だから」
小山田「そのへんが、クールだね」
サイゴ「嫌味に、聞こえない」
カドカワ「最高さ」
小山田「カドカワくんは小学校2年にして、すでに全学年合わせてもトップクラスの成績だった」
カドカワ「よう。小山田くん。サイゴくん。こんにちは。僕は一足先に小学校を卒業するよ」
小山田「カドカワくんは、9歳の時、ウルトラ飛び級で高校生になった」
サイゴ「同い年なのに、先輩だね」
カドカワ「最高さ」
小山田「カドカワくんは、1年で高校の全課程を修了して、11歳で大学生になった。そして」
カドカワ「わあぅ」
小山田「という間《ま》に、大学を卒業した。13歳の時だ。大学院を首席で出たのはもっと早かった」
カドカワ「……あぅ」

小山田「という間だった。僕らがもたもた中学を卒業しようかという頃、カドカワくんは」
カドカワ「医学と薬学、二つの博士号をとっちゃったよ、これ」
小山田「カドカワ博士」
カドカワ「呼んだかい？」
サイゴ「カドカワ博士」
カドカワ「二度も呼ぶない。僕は、一人なんだぜ」
サイゴ「クールだなあ」
小山田「おまけに、カドカワくんは、大学院を出る頃にはまったく新しいタイプの麻酔薬の発明で特許をとっていた。若き実業家、カドカワくん！」
カドカワ「このお金で、香りのいい消しゴムでも買いたまえ」
小山田「素敵」
カドカワ「その５００円、この１０００円で売ってくれる？」
サイゴ「素敵」
小山田「貧しかった僕たちは、身も心もカドカワくんになついていた」

カドカワについて回る、小山田とサイゴ。

小山田「カドカワくん！　靴が汚れているよ」
サイゴ「カドカワくん！　Tゾーンがてかっているよ」
小山田「カドカワくん！　海の水はなるべく飲まないほうがいいよ」
サイゴ「カドカワくん！　サルビアの花から甘い汁が出るよ！　お吸いよ！」
カドカワ「（笑う）甘い！　この甘さ、笑えるよ！」
小山田「そんなカドカワくんを、僕らよりむしろ女の子が、ほおっておくわけがなくて」

女たち、キャアキャア言いながら現われる。

小山田「なかでも、僕らの幼なじみで、学校では女子サバイバル部で関東大会一位の成績を出した二部屋《にへや》サヤカは、カドカワくんに並々ならぬ熱をあげていた」

サヤカとドーン・ダベンポート、現われて、女たちをやっつけてカドカワのところにたどりつく。

サヤカ「実際、どうなのよ、強い女っていうのは？」
ドーン「サヤカはどうですか？」
カドカワ「あはは」

サヤカ「強さって、どうなのよ？」
ドーン「サヤカ、いかがですか？」
カドカワ「いや、もう、強さって、強いね」
サヤカ「あたし、カドカワくん見てると、なんか、頑張ってるんだけど、ギアをトップに入れっぱなしっていうか、痛いところ剝《む》き出しっていうか、なーんだろう、あんた見てると、イガイガーってするのよね」

ドーン、隣で息を荒くしている。

小山田「この女は、なんなんだ」
サヤカ「癒《いや》しって言葉は陳腐《ちんぷ》。それは知ってるけど、サヤカ、そういう陳腐なの、逆に、あんたに必要な感じがする、すごく」
小山田「この女は、なんなんだよ」
ドーン「サヤカはねえ、私のマムシの毒を吸ってくれたよ！」
サヤカ「関東大会で（私と）一位二位を争った、アメリカンスクールのドーンよ」
ドーン「ドーン・ダベンポートです。サヤカに目を刳《く》りぬかれて、負けたよ」
小山田「おいおいおいおい」

サイゴ「なんか、ものすごい関東大会だなあ」
ドーン「目を剃りぬくふりをされてるかと思ったら、本当に、剃りぬくんだもの。サヤカって、すごいね。でも、本当に剃りぬくふりだけしたら、だとしたら、わたし、サヤカのこと軽蔑した思うよ。失礼だよ。私がサヤカでも、剃りぬいたよ」
サイゴ「何言ってるかわかんないけど、ものすごいな」
サヤカ「それ以来、ドーンは、公私《こうし》にわたって私をサポートしてくれるの」
ドーン「……テコ入れしてるよ！」
サイゴ「……テコ入れしてるのかあ」
小山田「一番すごい男には、一番すごい女が、寄ってくるもんだなあ」
サヤカ「ていうか、カドカワくんとあたしが結婚したら、超すごい子、産めると思うね」
ドーン「中で出せ！」
サイゴ「サヤカ。何度も言うけど、カドカワくんはね、そういう恋愛とかはもう、いいの」
カドカワ「セックスで子供を作るなんてさ、だらしなくない？　酒やドラッグと一緒。今じゃ、さえないブルーカラーのやることだ」
サイゴ「そうそう、吐いた唾《つば》からだって、子供作れる時代なんだから」
サヤカ「うるさいんだよ。この弱酸性！」
小山田「なんでそんなことわかるんだ！　リトマス試験紙をつけたのか？」

ドーン「絶滅しろ」
サイゴ「(激怒) ずいぶんひどいことを言うじゃないか!」

サヤカ、飛びかかる小山田とサイゴを、のす。
脅えるカドカワ。

ドーン「(小山田に跨《また》がって) 刳りぬくか。刳りぬくふりか?」
小山田「ふりで。ふりでお願いします」
ドーン「それ、あなたに失礼」
小山田「失礼じゃない。失礼じゃない」
サヤカ「…… (カドカワに) 恐がんないでよ」
カドカワ「おうふ、おうふ」
サヤカ「今のはプレゼンテイション」
カドカワ「……なんのお?」
サヤカ「あたしね、カドカワくんのこと、ちょっとだけ、守ってあげられると思うよ。だって、
サヤカはカエル一匹分の食料で、50日間生きられる女だよ」
サイゴ・小山田・ドーン「サバイバルー」

サヤカ「ボールペンのインクから、わずかな飲み水を抽出する女だよ」
サイゴ・小山田・ドーン「サバイバルー」
サヤカ「ラクダの肛門《こうもん》に潜り込んで、30キロ、旅する女だよ」
サイゴ・小山田・ドーン「そーんーなやつはおれへん」
サヤカ「たとえばの話だよ！　やっぱ、なんのかんの言って、大事じゃん？　そういう、生き残れるってスタンス。あんたに必要なのは、そのへんのチャラい女じゃないわけじゃん。ね、あたし、別に学会員じゃないけどさ、一緒に創価学会に入んない？　人間、15歳にもなるとさ、足腰の強い宗教に入らなきゃねっ。折伏《しやくぶく》される前に折伏してやらないとね」
カドカワ「君はね」
サヤカ「おう」
カドカワ「はい、これ、自衛隊のパンフレット」
サヤカ「え？」
カドカワ「僕を守るより、国を守りなさい。天皇陛下を守りなさい」
サヤカ「……なんだよ」
カドカワ「レインジャー部隊でお国のために頑張りなさい。それがめぐりめぐって僕を守ってることになる」
サヤカ「ずずず、ずいぶんな言いようじゃない」

ドーン「冗談じゃないよ」
カドカワ「適材適所！」
サヤカ「……くっそお！　わかったよ。こうなったら、自衛隊で出世して見返してやるからな。覚えとけ、カドカワ！」

サヤカ、去る。

小山田「その後、二部屋サヤカは、宇宙人事件で東京を騒がせた、武装レイプ集団スペルマドラゴンのリーダーとして、僕らの前に現われることになる」
カドカワ「ま、そんな女がおりましたって話で」
サイゴ「僕たち三人、いつまでも親友なんだよね」
カドカワ「もちろんさ、男三人ってのが安定してる。バランスがいい。一人でも欠けちゃ意味がない。わかったね。僕たちが三人だ。その他の三人は、もう三人と呼ばない。三グラムとか、カルビ三人前とか、そんなふうに呼ぶ」
小山田「ばんざーい！」
カドカワ「いや、ばんざいってこともないが……」
小山田「その時、まだなんと、彼は14歳。誰もが将来のノーベル賞受賞を確信し、もちろん、彼の家族は有頂天」

父と母、登場。

小山田「ではなかった」
父「……どうも、みなさん、息子が博士になりまして」
母「まだ15歳なのに、すみません、ほんとうに」
父「すごすぎて、すみません」
小山田「お父さんとお母さんは、あくまで、彼の出世に対して地味なテンションをキープしつづけていた。なぜならば」
カドカワ「提案!」
小山田「はい。提案、入りまーす」
サイゴ「提案、いただきまーす」
カドカワ「ひとつ、試しに、オカマを憎んでみましょう」
小山田「はい、オカマ、それは何ゆえ」
カドカワ「レズビアンはまだいい。人工授精で子供を産むけど、オカマは、チャラチャラお化粧したり、ハイテンションで『やだ! ユーミン聞くと、涙でちゃうの!』って言ってよく遊んだり、『Vネックのセーターがほしいの』と甘えてみたり、冗談ばかりで、何も生まないよ。あいつら、『わよ』っつうでしょ。なになにだ『わよ』、って。なになにだ『よ』、って言えばいいのに。『わよ』って言うね。『わ』が無駄、すごい無駄」
小山田「はい。『のよ』も言います」
カドカワ「ああ、『のよ』も憎いね！　ペディキュアのノリが悪い『のよ』、って言うね。ペディキュアのノリが悪いよ！　そのように、サクサク言えばいいのに。『の』一個分、時間の無駄なんだよな。もう、それらの『わ』や『の』に費やしてる時間を一年分集めたら、もう、ね、でっかいことになるよ。ユニセフにね、どうかできるね。カマはユニセフに行け」
サイゴ「正論ですね」
カドカワ「正論をあなどるなかれ。極論がまかりとおった時代が、一体、何を残しただろう」
小山田「英会話のNOVA」
カドカワ「立ち食いうどん屋になった」
サイゴ「吉野屋」
カドカワ「Gパン、売ってる」
小山田「スターバックス・コーヒー」
カドカワ「冷し中華始めました」
サイゴ「ツタヤ」

カドカワ「今、夏場だけ、ほれ、海の家、やってる」
サイゴ「テレビゲーム」
カドカワ「将棋でいいんだよ。将棋だって、いろんな遊びできるぞ、こう、駒をさ、子供の目を狙《ねら》って投げたり。将棋盤を冷蔵庫と壁の間にグッとグッと差し込んでみたり。ハアハア」
サイゴ「それ、なんの遊び?」
カドカワ「考えて! 僕は若い者に言うとるんだ。脳に汗をかきなさい、ってね。田中はーん、田中はーん、田中はんだ」
小山田「うーん、ラストのほうはよくわからんが、ようするに」
カドカワ「最後に生き残るのは、ズバリ、正論だ」
小山田「カドカワくんは、オカマと在日外国人と売春とクスリと乞食と煙草とアルコールと無駄な睡眠、そしてひときわ快楽のためのセックスを、憎んだ」
カドカワ「『イクーッ』っていうの? 『ああ、イッちゃうって!』っていうの? あれ、野蛮だよ! 『そこ、そうしたら、イッちゃうって!』っていう人がいるね」
小山田「なんか、獣っぽいよね」
サイゴ「うん! 大嫌い!」
カドカワ「僕らは、イカない! 一生、イカない!」
サイゴ・小山田「心得た。僕らは、一生、イカない!」

小山田「だけど、運命は残酷だ。彼が憎むもの。そのほとんどが、彼の家にあった」
カドカワ「（泣き叫ぶ）僕のお父さんを紹介します！」

父と母の声は、なぜか、外国映画のような吹き替えである。

父「（煙草に火を点《つ》けて）二人、子供作って、やっと自分がゲイだってことに気がついたんだよね。それで女房とは即離婚さ。もちろん、子供のことは愛してるよ。だけど、しょうがないんだ。男が好きなのさ」
カドカワ「僕のお母さんを紹介します！」
母「（酒を飲みながら）わたし、見た目はそう見えないけど、タイ人なのよね。辛いのが好き。あと、お酒もね。うちの人、いい人。でも、愛してない。ビザとるための偽装結婚なの。しょうがないわ」
父「体の関係もないし、こっちはゲイだってことの隠《かく》れ蓑《みの》になるからね。それで再婚したんだ。お互いギブ・アンド・テイクって関係かな」
カドカワ「僕はあなたたちが恥ずかしい！」
父「しょうがないさ、ハルキ。これが、ありのままの私たちなんだ」
カドカワ「その、なーんか、声と本人のアンバランスな感じも恥ずかしい」
母「しょうがないわ」

カドカワ「しょうがないっていうの、僕、大嫌いさ。あきらめるなんてスタイルは、そんなのをクールって呼んじゃいけない。本当のクールは違う！」
父「今日はね、ハルキに私の恋人を紹介したいんだ」
カドカワ「こ、恋人だあ？　まだ、このうえ、人生を謳歌《おうか》しようっていうの？」
父「ピーチちゃんだ」

ピーチ、出てくる。

ピーチ「（ハイで）どーも。二丁目で『小堺くん』てお店やってます。ピーチです（醒めて）っていうような？」
カドカワ「……ピ、ピピピ」
ピーチ「なんかこう、ハイな感じで日々を誤魔化しとおす？　みたいな、ステレオタイプなカマだったら、あたしも、もうちょっとノンシャランに生きてるんだろうけどさ。ま、ピーチって名前の存在感がね、そもそも、誤解のもとなんだけど」
カドカワ「ピピ。ピチ。ピ」
ピーチ「別に、あたしのこと嫌いでも、ＯＫよ。もう、ウェルカム・嫌悪感つぅ感じで。もう、ここんとこ10年、嫌悪感と孤立感と二の腕のムチムチ感の三角《さんかく》食べで、生きてるから」

カドカワ「こ、こいつと付き合ってるのか？　こんな、ニックネームな奴と」
父「うん。普通に」
ピーチ「そんな、いきなり好かれるような飲み込みやすいビジュアルじゃないです。そんくらいの客観性あるし。でも、あんたも日本っていうのはあ、自由の国でさ、そん中で価値観の持ちようってのは、結局、『人生いろいろ』っていう演歌みたいなわかりやすさに集約される？そういうシンプルな現実を学んだほうがいいわよ。なんだか、おむずかしいお勉強する前に」
父「まあまあ、ピーチ」
ピーチ「まあ、あたしみたいに理屈こねる論ガマ——論じるカマね——論ガマも、別に、新しいわけじゃないんだけどさ。一応知っておいてほしいのは、カマだって、『いやあ！　いやあ！毛虫が！　毛虫が！』って年がら年中言ってるわけじゃないっていうこと。『落ち武者が！落ち武者が！』って意外と言わないの。カマは」
小山田「いや、それ、カマっていうより、シャブ中」
ピーチ「シャラップ。中学生！　要するに、あんたらには想像力ってものが足りないの、っていう、なんてかなあ、ありがちな？　オカマとシャーリー・マクレーンの組み合わせほどにありがちで普遍的なテーマに、辿《たど》り着くわけ。あっち考えこっち考えしても、結局。そうなの。以上！」
父「よせよ、ピーチ」
カドカワ「想像力が、……足りない」

音楽。

ピーチ「(父に) さ、も、飲みにいこ。歌いましょ。きわもの同士。泣きながら、歌いましょ。ていうか、笑いましょう」

父「いっぺんに全部かい。よくばりだなあ」

母「よくばりよ」

ピーチ「ラ・ヴィ・アン・ローズ！ 人生なんて、一本のワインと五分間のシャンソンで、ぜーんぶ語れちゃう。それも寂しいけど、ま、ケ・セラ・セラ。よくばらせて、漬物一キロ食べさせて！ エベベベベ」

父「また倒れるぞ」

ピーチ「エベベベベ」

サイゴ「ねえ、オカマさん。聞くけど、想像力って人間のどこにあるの？ 見たことないんだけど」

ピーチ「さあね。意外と、脳じゃなくて、オチンチンの中かもね。だから、あたしは切らないの。想像させたいの。(股間《こかん》をさぐってイライラ) どんなんなってんの、ここ？ 魔物がいるの？ ここ！ なんか平家ガニみたいなのが『イーッ』てしてしてるの？ 『ここ！』って。もう、オカマの股間にはわかりやすい冗談が、てんこもり！」

ピーチ、父、母、シャンソンを歌う。

♪カマはクネクネしてなんぼ
好きでクネクネしてるって
ノンケなら思う　罪じゃないきっと
でもね　家じゃ意外　エレキ弾くのあたし
ツェッペリン弾くの　人には内緒

カマカマカマカマ
カマカマカマカマ
カマは気紛れ、そうよいつも
だけど
魂削ってクネクネしてるの
ニューボトル入れるたび
声を張り上げはしゃぐけど
あるいはヤカンに触《さわ》るたび

▲

**宮崎吐夢**

（ピーチ／社員３）

この舞台を観にきた友人から、「うまく言えないけど、タケちゃんマンで言うとホタテマンみたいな役だったね」と言われました。
これからも息抜きというかアクセントというか話の本筋以外のところでみなさんに楽しいひとときを過ごして頂ければ身に余る幸せです。

アチョーアチョーとはしゃぐけど
忘れたいこともある

16の夏　汗臭い部室
まわされ続けた　毎日まわった
だけどそれをグッと飲んで
空を見上げ胸を入れて
パフをはたき今日はいける
ドアを蹴って　外に出れば
いきなりカマは町がステージ！
キスを投げて両手ふるわ
ボンジュール　マイナス・イメージ
セ・ラ・ヴィ　それがカマの人生

16の夏　汗臭い部室
まわされ続けた　……毎日まわった……
まわされ続けた　積極的にまわった

ボンジュール　マイナス・イメージ

ラ・ヴィ・アン・カマ　カマ色の人生

ピーチ、父、母、去る。

カドカワ、性器を取り出す。

サイゴ「な、な」

小山田「何してんの？」

カドカワ「僕の想像力を出しております。（カッターナイフを取り出し）足りないんなら、いらない。そう思わない？」

サイゴ「え、ちょっと待って、それは、あの」

小山田「カドカワくん。おいおい。カドカワくん」

カドカワ「大丈夫。麻酔かけてあるから」

サイゴ「でも」

カドカワ「いいんだ。ほんとだよ。すごい、今の僕には。温度がない。冷静。すごい、普通に、いらないいんだ、これ」

サイゴ「切るの？」

▲

**荒川良々**

（カドカワハルキ）

今回は前半は天才、後半はバカ。バカの方は慣れてる方なのですが、
天才は初チャレンジということで、初めて細かい演出を付けてもらいました。
この場を借りて、お礼を言わせて下さい。松尾さん、ありがとうございました。
以上。

小山田「何？　わかんないな。あの人以上のオカマになっちゃうんじゃない？　それって」
カドカワ「ならない自分を信じてるから」
小山田「落ち着こうよ」
カドカワ「僕の麻酔はね、感覚を麻痺させないんだ。痛みを鈍さで誤魔化《ごまか》すのは好きじゃない。苦痛を感じるとアドレナリンという物質が頭の中に出てくるんだけどね、それを大量のセロトニンという幸福を感じる物質に変える。痛ければ痛いほど、知覚と感覚は、鋭く冴《さ》える。僕の麻酔は、そこが新しいんだ」
サイゴ「僕に……やらせて」
小山田「サイゴくん。やばいって」
サイゴ「僕が切りたい。やってあげたいんだ」
小山田「うまく言えないけど。ここで、この瞬間、僕とサイゴくんの間にスーッと差がついた。カドカワくん、サイゴくん、僕。そういう無言のヒエラルキーができた。僕は……」
サイゴ「痛くない？」
カドカワ「全然」

サイゴ、カドカワの性器をナイフで切り取る。

小山田「血が出てる！　血がいっぱい出てるよ！」
サイゴ「だまってろ！　小山田くん！　邪魔するな！」
小山田「しかし！」
サイゴ「もう、遅い！　瓶を用意して！　こう……いい感じの小瓶を、用意して！」
小山田「ええ？」
サイゴ「わかんないのか？　カドカワくんは、次のステージに進もうとしてるんだ！　僕は、見届けるんだ！」
小山田「……（瓶を取りにいく）」

完全に切り取られたチンポ。

サイゴ「（小山田に怒る）チンコが嗤《わら》ってる！　お日様も嗤ってる！」
小山田「……二〇一五年。サザエさんは相変わらず放送されていた」
サイゴ「……（チンポを瓶に入れて）どう？」
カドカワ「うん。まあ、普通。ハイにもダウンにも、イカない。ゼロだね。まっしろ。シーンとしてる」
サイゴ「変わった？　カドカワくんは、変わったんだね？」

カドカワ「そうだね。足りないって感じはないし、前に進みもしない。ただ、クリアになった。いいかい。これだけは言える。想像力なんてものに許されてるから、あのカマたちの魂は、にごってるんだよ。あんな人間は許されなくていい。彼らは、寝てていい」

音楽。

サイゴ「ここからのつらい話には、僕も参加しよう。それから、しばらくして、新宿辺りで毎日のように、オカマが死ぬ事件が続発した。死因はすべて、カドカワくんの開発した麻酔を使ってのSMプレイによる事故死。なにしろ、カドカワくんの麻酔は、傷つけば傷つくほど幸せになる。プレイは、きっかけさえあれば簡単に死にいたるほどに、エスカレーションしたようだった」

小山田「死んだオカマが14人。売春婦6人。ドラッグ常用者12人。一般のSM嗜好者18人。カドカワ事件と呼ばれた一連の事故の死者は、50人に及んだ。誰かが医療機関から大量に横流ししなければ、ありえない数字だ。オカマのピーチさんは、身の危険を感じてどこかに姿をくらまし、カドカワくんは、ゲイの父親の通報で警察に捕まった」

数人の警官が現われ、叫ぶカドカワを殴って連れていく。

取り巻く報道陣。

サイゴ「カドカワくん！」
カドカワ「サイゴくん！　許すな！　奴らを絶対に許すな！」
サイゴ「わかった！　カドカワくん！」
カドカワ「あと、イクな！　イクな！」
サイゴ「あ。あ。絶対イカない！　イッてたまるか！」
カドカワ「誓え！　サイゴくん！」
小山田「カドカワくん！　僕も。僕の名も呼んで！」
カドカワ「サイゴくん！」
小山田「カドカワくん！」
カドカワ「あえて、サイゴくん！」

連れていかれるカドカワ。

サイゴ「証拠は不十分だったけど、いくつかの事故の現場にカドカワくんがいた痕跡《こんせき》があった。
幾度かの精神鑑定の結果、カドカワくんは、精神科医に、自分が人間を殺すために産まれてきた子供であることを白状したそうな。ことの真意は定かじゃない。僕らは、大人たちに、そういうふうに聞かされたんだ」

小山田「でも、僕らは政治が動いたと読んでいる。選挙が目の前の都知事は、こう言いたかったんだ。あれは人間じゃない。怪物の仕業だ。サイコパスという便利な言葉。以上。思考停止」

サイゴ「殺すために産まれてきた。……笑える。カドカワくんが、そんなマンガみたいな言葉を吐くわけがない」

拘束衣を着て、精神科医らに連れられていくカドカワ。

女の声「カドカワハルキの治療に、セキュリティは、いりません。私と二人だけで行ないます」

小山田「麻酔薬の製造は急遽《きゅうきょ》中止され、カドカワくんは精神病院に強制入院」

サイゴ「あれよあれよという間に、カドカワくんは、いなかったことにされようとしていた。でも、二年後、なぜかカドカワくんは、あっさりと釈放されて帰ってきたんだ」

カドカワ、現われる。

カドカワ「やあ、小山田くん、サイゴくん。こんにちは」

サイゴ「やあ」
小山田「……お帰り」
カドカワ「ああ、あれが東京原発。でーけーなー」
サイゴ「うん。もうすぐ完成する」
カドカワ「なんか、とっくり迷惑かけちったみたいで」
小山田「とっくりって」
カドカワ「今後もよ。とっさりお願いしますで」
サイゴ「とっさり？　なんかカドカワくん、ボキャブラリーが、変わってない？」
カドカワ「しっ。ふりをしてる」
サイゴ「え？」
カドカワ「なんか、すごく害のない感じの人のふりをしてるんだ。病院を出たときから、公安に付けられてる」
サイゴ「ええ？」
カドカワ「とにかく、いったん家に帰る。落ち着いたら会おう。計画があるんだ」
小山田「計画って？」
カドカワ「小山田くん。僕のオチンチン、持ってる？」
小山田「うん。肌身《はだみ》離さず」

カドカワ「いいかい。僕が1000人いたら、この世界を完全に終了させることができる。そう思わないか?」
サイゴ「……」
カドカワ「じゃ。おいおい(去ろうとする)」
サイゴ「(後ろ姿に声をかける)あれは本当なの?」
カドカワ「え?」
サイゴ「マスコミが言ったこと」
カドカワ「ああ、あれ?　あんなふうにかっこよくは言ってないけど」

間。風の音。

カドカワ「なんだあ。知ってるのかと思ったよ」
サイゴ「……ご、ごめん」
カドカワ「(大声で)でも、ほら、とっさり治ったから出れたわけだから。……じゃ」
小山田「カドカワくんが、計画のすべてを話し終える前にいったん家に帰ったのが、運命の分かれ目だった」

小山田、サイゴ、去る。

カドカワ家。食卓である。

カドカワ「お父さん。ピーチさんは、まだ戻らないの？」
父「あ？　ああ。やめたみたい。それ、食べなさい。肉」
カドカワ「店を？」
父「ああ……オカマを」
カドカワ「カマを!?」
父「ああ、やめたみたいだよ」
カドカワ「カマって、やめれるの？」
父「ずいぶん努力したらしい（笑）。お父さんもやめればいいんだけどね。努力の仕方がどうも」
カドカワ「ふ、ふーん。（見つける）クスリ、飲んでるんだ」
父「ああ。ちょっといろいろあって。ずいぶん近所とかで、バッシングっていうの？　あれしたし、お母さんも出ていっちゃったり、ごたごたして。なんだか、まいっちゃってね。いっひっひっひひ」
カドカワ「僕のせいなんだね」
父「お父さんは打たれ弱くていけないよ。でも、もう、必要ないんだ。今日治ったから。ひひひひひ」
カドカワ「？？　お父さん。僕、頑張るから」
父「うんうん。そうね」
カドカワ「……ごほごほ」
父「ごほごほ」
カドカワ「ごほほ」
父「ごほほほ」
カドカワ「二人してゴッホゴッホ言って、ゴリラの家族みたいだね。ゴホ」
父「ゴホ。ゴリラの家族だったら、どれほど、楽か」

間。

カドカワ「（立ち上がる）どこ！　ガス栓、どこ！」
父「だめ、だめ（はがいじめ）」
カドカワ「馬鹿たれ！　ごほほ。し、死んでたまるか！」
父「死の！　死の！」
カドカワ「は、放せ！　はな……。約束がある。ぼ、僕は……し、死ね……ないんだ」

倒れるカドカワ。

父「……これで……これで、いいのだ（咳き込む）」

何かの飛来する、すごい音。

父「……？　なんだ？」

どんどん大きくなる物音。

父「（窓の外を見て）うおおおおおおおおおおお。なんだああああああ？」

暗転とともに、大爆音。

サイゴの声「とても小さな隕石だった。だけど、その隕石の墜落が、事のすべてをわかりにくくした」

暗闇に、サイゴと小山田。

**サイゴ**「ここからの話は、さらに胸が痛む。カドカワくんは、父親のガス自殺の道連れにされそうなところを、その小さなこぶし大の隕石の落下のおかげでかろうじて一命をとりとめた。しかし、ガス中毒、いわゆるCO——CO中毒というやつで、彼の脳細胞は完膚《かんぷ》なきまでにメタクソになったんだ」

闇に、カドカワ、浮かぶ。

**サイゴ**「カドカワくん！　教えて！　教えてよ！　僕達に何を言いたかったの？」
**小山田**「僕達は何をすればいいの？」
**カドカワ**「あのね」
**サイゴ**「うん」
**カドカワ**「シュークリーム、食べるときはね」
**小山田**「シュークリーム？」
**カドカワ**「だまって食べないほうがおいしいよ。えとね。『モガー』つうたんさい。『モォガー』

て。『モォガー』て言いながらシュークリーム食べるうまさね。これ、ほんとの話よ」

サイゴ「(泣く)カドカワくん！」

カドカワ「『モォガー』よ」

サイゴ「(泣きながら)モオガー」

闇に、小山田、浮かぶ。

小山田「彼は莫大な財産を残していたが、禁治産者のみなしごとなり果てたカドカワくんの財産は、彼の父親の双子の弟で、二流コメディアンのスパイダー・カドカワが管理することになった。コメディアン。聡明な頃のカドカワくんなら、最も忌《い》み嫌う人種だ」

闇にもう一人、クモの髪型をしたスパイダーが浮かび上がる。

スパイダー「みなさんこんにちは、スパイダー・カドカワです」

カドカワ、駆け寄る。

▲
**皆川猿時**
（スパイダー／社員２／父）

本番一週間前位になると、無性に田舎に帰りたくなるクセは無くなった。
そして本番、「早く終わらないかしらん」と無性に面倒臭くなるボクは健在。
ボクに「幸あれ！」
……切に思う。

カドカワ「お父ちゃん！　お父ちゃん！」
スパイダー「おじさんだ」

笑いながらカドカワを殴る。

スパイダー「ハルキよお。おめえのおかげで、俺は、強制的に金持ちになった。手に入らねえものは何もねえ」
カドカワ「はい」
スパイダー「つうか、勝手に人を幸せにすんじゃねえよ、この野郎！」
カドカワ「ひええ、ひええ」
スパイダー「俺は、無駄飯食《むだめし》いは許さねえ。俺に殴られるのが、おめえの労働だ。いいか、俺は兄貴みたいな腑抜《ふぬ》けじゃねえぞ。幸せなんか、望んじゃいねえ。俺の哲学のなかじゃ、幸せは笑いを生まねえ。おめえの笑い声は、笑いを生まねえ。極論すれば、笑いなんて笑いじゃねえ。おめえの悲鳴だけが、俺の笑いのガソリンだ（殴る。殴る）」
カドカワ「（泣く）へえええええっぷ」
スパイダー「おめえがあの事件を起こしたときは、俺は、神に感謝したんだぜ。ああ、これで、カドカワ家は世間で袋叩きになれる。カモン袋叩き！　ようこそイメージ・ダウン。ほされたぜええ。だけど、俺は、ほされて無視されてピカピカになるタチだからよお。ゼロに、もっとゼロにちかづけスパイダー！　自分で自分を叱咤《しった》激励。どうもー。スパイダー・カドカワです。パチパチパチ。いねえんだもん、目の前に客が。客がゼロだ。いない客を15分　もたせろ？燃えたね。ギャラがゼロだ。ゼロはタフだ。ゼロにゼロ足しても動かねえ！　（アドリブで、ゼロに関するギャグ）……笑いもゼロだ。俺は、ゼロと戯れ尽くしたかったね。夜中に一人でゼロでフラフープよ。気持ち悪いだろう。ところが、こう。どう？　ふってわいたおめえのゼニだ。どうするよこれ。そりゃあ、外車に乗るよ。パッキン抱くよ。舞台からゼニまくよ。金もらや、客、笑うよ。だからなんなんだって話が浮上するわけよ！　（苦悩）」

**カドカワ**「ごめんなさい。ごめんさい」

**スパイダー**「（金を投げる）2万円札だ」

**カドカワ**「えう？」

**スパイダー**「模写しろ。おめえには今、金の価値がわからねえ。なんとなれば、おめえが模写した金とその金は、使えねえという意味で、同じ価値がある。わかるか。模写して考えろ。俺の人生を狂わせたゼニの意味を！」

カドカワ、一生懸命、お札を模写。

再び、サイゴのみに明かり。

サイゴ「町一番の天才は、そうして町一番のバカになり、くる日もくる日も、2万円札の模写に明け暮れた。ああ……やめよう。この話はつらすぎる。気分を変えて、あの女の話をしよう。医療少年院を退院する前、カドカワくんはその最後の知性の輝きを医療少年院でいかんなく発揮し、彼の担当の精神科医を100％洗脳していた。もっとも、彼女があっさりとカドカワくんの信者になったのには、わけがある。そう、これは偶然じゃない。その医者は、僕を産み捨てた、愚かな母親だった」

女が浮かび上がる。

サイゴ「少し話は逸《そ》れるが、これは重要だ。彼女の話をしてみよう」

蛍光灯の明かり。精神病院の診察室らしい。
掃除夫がいる。
白衣の女が、椅子に座って煙草に火を点けようとしている。
警官・醍醐《だいご》が入ってくるので、やめる。

醍醐「きんえーん」
女「ちっ（しまう）」
醍醐「へへへ。煙草なんて俺等のもんだと思ってたけど、いい大学出てる先生でも吸うんだ」
女「なんの用です」
醍醐「あんたの大好物のご到着ですよ」
女「大好物って」
醍醐「カドカワハルキ」
女「……変な言い方、やめてください。ありがとう、通して。例によってセキュリティーは」
醍醐「あ、それなんだけっともね」
女「セキュリティーは、はずしてくださって結構」
醍醐「最近、上からワイのワイの言われててさ」
女「治療はすすんでいます。カドカワハルキに関しては、患者と二人きりで」
醍醐「二人きりで、何、やってんだか」
女「ええ？」
醍醐「なんかあったら、責任かぶんのはこっちなんだぜ」
女「責任は、私がとります」
醍醐「言葉が足りねえな」

女「責任は、私がとりますで」

醍醐「そういう足りなさじゃ、ねえな。（胸ぐらをつかむ）おい！　あんたはここからいなくなるだけかもしれねえけど、俺らは一生この仕事にしがみついてなきゃならねえんだからよお」

女「……このかおり。そうよ。ブルーカラーのかおり」

醍醐「なめんなよ。悪いけど、俺にゃ、醍醐って名前があるんだ。へへへ。後醍醐天皇の醍醐だ。画数《かくすう》が多い」

女「醍醐さん（ためいき）」

醍醐「……へへへ。わかってんだぞ。あんた、カドカワに惚れてんだろ。あの殺人鬼のバケモンに」

女「いいかげんにしないと、人を呼びますよ」

醍醐「規則だ。カドカワの治療には、セキュリティーを入れる」

女「……わからずや！」

サイゴ、登場。

女「わかったわ。……なんかあったら。なんかあったら、私の体を好きにしてちょうだい！」

醍醐「……ほんとかよ」

女「好きにむさぼるがいいわ！　そういうことなんでしょう？」

▲
**顔田顔彦**
（醍醐）

劇中、超高音で“ア〜”と声を張るシーンがあったのですが、
私にとっては
最もノドに負担のかからない場面でした。
奇声はいつでもドコでもすぐ出せます。

醍醐「……誰も俺のことを好きにならねえ自信があるんだ。だから、こういうやり方でもしょうがねえよな。人間には、星に決められた分際《ぶんざい》ってものが、あるからよ。俺は、それに従ってるだけだ。（通信機のようなものに）よし、通せ。護衛はなしだ」

醍醐、去る。

女「（その背中に）私たちだけの秘密よ!!（掃除夫に気づき）立ち聞きしてたのね！」

間。

掃除夫「……聞こえますよ、そりゃ」
女「油断も隙もへったくれもないわね」
掃除夫「だって、いましたもん、いましたもん！」
女「お願い」
掃除夫「しゃべりませんから」
女「……わかったわ。私の体を好きにしてちょうだい！」
掃除夫「だからしゃべりませんて」

女「こんにちは！」
掃除夫「……は、ああ、こんにちは」
醍醐の声「おい、段差だ。気をつけろ」
女「人が来る！　時間がないわ！　（パンツを下げ尻を突き出す）あんたもブルーカラーなんでしょ？　エンゲル係数の高さを、私の体にぶつけてよ！　9時5時？　9時5時なの？」
掃除夫「7時半6時です。11時15分にお昼休みが」
女「その就業時間の中途半端さをぶつけてよ！　ねえ……今、ここを出ていくわけにはいかないの。……あたしが、今まで、どんな苦労をして今の地位を勝ち取ったと思ってるの？　知らないでしょ」
掃除夫「掃除夫ですから」
女「ずーっと、こんな感じよ！」

醍醐とその同僚の警官、ワゴンに乗り拘束衣を着せられたカドカワを連れてくる。

女「もたもたしないで、人が来ないうちに」
掃除夫「ていうか、もう、人、います！」
醍醐「……」

女「わかってるわ。だから、もう、時間がないのよ！」
掃除夫「もう、なんの時間がないのかわからないことになってますから」
女「へたくそ！」
掃除夫「（泣きながら）……し、失礼します！」

掃除夫、去る。

醍醐「何やってんだ、あんた」
女「（ためいき）治療を始めます。……何かあったら、『あーっ』て、あれしますから、出ていってください。ゲット・アウト！　ゲラウル・ヒア！」
醍醐「……なんで英語なんだよ」
女「そんな雑な突っ込みはいりません！」

醍醐と警官、カドカワを置いて去る。
パンツおろしたまま腰掛ける女。

女「……さあ」

カドカワ「パンツ、はいてください」
女「ああ、パンツ。まあ……それほどパンツじゃないわ」
カドカワ「……いや、パンツです」
女「何よ、こんなくだらないパンツ（脱ぎ捨てる）」

女、何度もカドカワの前で足を組み替える。

カドカワ「……まあ、落ち着いて」
女「治療は順調に進んでると、院長に報告してあるし、警察の上層部にも根回しをすませてあるわ。笑えるでしょ？　みんなが、自分一人と私が寝てると思ってるの。カドカワくん。ＯＫ？もうすぐ退院できるのよ」
カドカワ「ありがとう」

カドカワにキスする女。

音楽。

サイゴ「僕の見解では、彼女には知性というものが、ほぼ、ない。性根は生まれながらの商売女だ。ただ、記憶力が図抜けていた。僕を育てた三人の母ちゃんによれば、彼女はノストラダムスの予言をすべて暗記していたし、抱かれた二百数十人の男の名前年齢職業性癖、すべて諳《そら》んじることができた。彼女は、一九九九年七の月、僕を産んだあと、ノストラダムスの失敗に傷つき、僕を捨て、大学に行った。犯罪性性格異常者専門の精神科医になって、ポンコツだったノストラダムスの予言を修理してくれる男を探すために。さっき言ったように、カドカワくんと母との出会いは、必然だったんだ（ポケットの中からかつて拾ったプラグを出す）」

**女**「……じゃあ」

**カドカワ**「始めましょう。……リラックスして。この間は、どこまで話してもらったかな」

女、カドカワの膝《ひざ》にのる。

**女**「連想ゲーム。心に浮かんだことを、順に」

**カドカワ**「そうだった。君は、バカを探している」

**女**「バカを探しているの……。バカを探して、泣いてるわ。私。いいバカ、いないと、泣いてるわ」

**カドカワ**「なんで、バカを探してるのかな」

**女**「私、17歳なの。ヤンキーって知ってる？　私、ヤンキーなの。自分の意志でヤンキーになったの」

カドカワ「どうして？」

女「より、こってりしたバカに、出会えそうだから」

カドカワ「願望の話をしてくれ」

女「願望。……バカにやられたい」

カドカワ「やられたい。それは、セックスの話？」

女「バカに引き起こされた事故に巻き込まれて、死にたい（息が荒い）」

カドカワ「続けて」

女「……くだらない理由で死にたい。松田優作のファンがやってるパン屋に行って、思いっきり松田優作の悪口を言うの。パン屋はあの、なんかパン挟《はさ》むやつで、私を挟むわ。そしてレイバンのサングラスを外して、なんじゃお前は。ううん。もっともっと、リアルなやつ。バカと一緒にアパートでプロレス中継を見てるの。外は雪よ。窓の外はとてもきれいな雪景色。なのに、私は、バカと一緒に『いいちこ』のサイダー割りを飲みながら、つまみはイカの揚げ物のお菓子。そんなバカな、つまみとお酒で、プロレス中継を見ているの」

カドカワ「バカはどうしてる？」

息が荒くなる女。

女「次第に興奮してきてるわ。『技《わざ》かけていい？』私に聞くの。えー？　技？　私はとりあえず、拒否するわ。男はしつこく頼むの。頼む。軽く、軽くかけるから。でも、バカよ！　軽いわけ、ないじゃない。バカは、ふざけて私をしめるわ。私は苦しい。ギブ、ギブ。言いたいけど、声が出ない。ぐったりするの。五分後。バカは放心状態でつぶやくの。……おめえ、何、死んでんの？」

たまらなくなり、カドカワに抱きつく女。

女「……そんなバカ。いるわけないもん」
カドカワ「約束。守ってくれた？」
女「プラグ手術のこと？　うん。昔の仲間に頼んで、裏でやってる医者を見つけたわ」
カドカワ「ちゃんと、移動できた？」
女「背中。ここ。自分で触《さわ》れないところ。とっても痛かったよお」
カドカワ「それは僕だけのものなんだね」
女「あなたに会うために何人もの医者と寝て、ここに来たのよ」
カドカワ「僕のものだ」
女「とりはずしができるの。こういう感じのやつ。手が自由になったら、あなたにあげるわ。好きな時に装着して。衛星電波を使って遠隔操作もできるのよ。好きな時に、私を、いじめて」

カドカワ「触りたい！」
女「今は無理ね。だけど、私の快楽はあなたのものなの。あなただけのものなの」
カドカワ「ああ」
女「……その代わり、きっとよ、世界のすべてを、私に頂戴《ちょうだい》」

再び、カドカワに触れる女。

カドカワ「もどかしい！」
女「ああ、もどかしい！　このもどかしさで、電気が起こせればいいのに！」
カドカワ「このもどかしさで、自動車が10キロくらい走ればいいのに！」
女「このもどかしさで、アフリカの飢えた子供たちに柔道着とかが届けばいいのに！　このもどかしさで、スパムからもうちょっと塩分が抜ければいいのに！　この、もどかしさで！　お願い、もどかしさ！　風を起こして。よく夢を見るの。私は真っ黒なコールタールの夜の海を、龍の形をしたヨットで沖に出るわ。そしたらお願い。もどかしさの風よ！　私を乗せたドラゴンを、遠くに。陸が見えないくらい遠くに、私を連れていって。もどかしさ！」

空中にドラゴンが浮かび上がる。

よくわからないが、突然踊りだす女・ナツコ。
背広姿の三人の面接官（印刷会社社員）も現われ、一緒に踊る。

サイゴ「血とは恐ろしい。僕と母は、離れ離れでいながら、偶然、一人の男にメロメロになっていたんだ。もちろん二人は、この時点で、そんなことは未《ま》だ知らない。さて、話が脇道に逸れすぎた。そろそろ就職の面接の時間だ。僕と小山田くんと、バカになったカドカワくん、そしてジュンの四人は、ある目的でもって印刷会社『極東東光オフセット』の面接会場に向かっていた」

面接会場。社長の肖像画。
小山田とサイゴと葛井《くずい》（面接に居合わせた女）、椅子に座っている。
隣の部屋を気にしながら傍らにいる、ジュン。

サイゴ「初面接だもの。さすがに緊張するね」
小山田「大丈夫。奴隷がついてるじゃん」
サイゴ「ね、この面接にタイトルを付けるなら、どういった感じ？」
小山田「『破壊と創造のキリスト的な出会い』ってのは？」
サイゴ「うーん。難解だね。小山田くんらしいや」

小山田「サイゴくんは？　どう行く？」
サイゴ「イクって言葉は好きじゃない」
小山田「ごご、ごめん。どう攻める？」
サイゴ「そうね。ま、『いきあたりばったり』かな」
小山田「ふふ。サイゴくんらしいや」

隣の部屋から、カドカワの声。

カドカワ「おねえさん！　ハルキは、おしっこが出たいです！」
ジュン「ねえ、どうすればいいの？　あの人、恐いよ」
小山田「うるせえな！　ゲーム前の心地よい緊張を、邪魔するなよ！　（真似して）ねえ、どうすればいいの？　かかっ！　自己主張の激しい女だな」
サイゴ「ジュンさん。今、二人の面接のタイトルを聞いたでしょ？」
ジュン「……うん」
サイゴ「その通りにできたかどうか、隣の部屋からのぞいて、ポイント制で採点してくれる？」
小山田「先に10ポイント取ったほうが勝ちだ」
ジュン「ええ？　わかんないよ」

小山田「だいたいでいいんだよ！　空気読め、このマムシ酒！　（咳き込む）」

ジュン、傷ついて去る。

サイゴ「大丈夫？　何？　マムシ酒って。どういう悪口なの？」
小山田「悪口？　……彼女見てると、俺、死にかけだけど、元気出るんだよね。マムシ酒って、元気出るんでしょ？」
サイゴ「……ほめてたんだ」
小山田「あっ、電気椅子ってのもあったな」
サイゴ「電気椅子？」
小山田「こないだ、映画で観たよ。電気椅子にかけられた人が、『わー』って、なってた。あれは、元気な感じがしたよ」
サイゴ「そう」
小山田「電気椅子。漢字で書くと、女の子の名前っぽいよね」
サイゴ「ああ、『子《こ》』がつくから」
小山田「僕、電気椅子と結婚するかも！」
サイゴ「……ずいぶん凄味のある夫婦生活が予想されるね」

葛井「あの」
サイゴ「(叫ぶ) イエッサー!」
葛井「あたし、葛井です。面接、初めてですか?」
サイゴ「イエッサー!」
葛井「私、150回目なんです」
サイゴ「エクセレント!」
葛井「(小山田に) この人……外人ですか?」
サイゴ「ギャー!」
葛井「……」
小山田「人見知りなんです。彼。僕が通訳します」
葛井「はあ」
小山田「(小声でサイゴに) マニアだ」
サイゴ「(笑) マニア?」
小山田「面接マニア」
葛井「30代の女が面接で企業に採用される確率は10%以下。おもしろい数字じゃない? おまけに私、お茶の水出てるの。国立大卒の30女が採用される確率は、今や、限りなくゼロに近い。ゾクゾクするわ。エリートとして持ち上げられ、育てられて、それで、おめえはいらねえ!

爪先から頭の天辺までもれなく、どん底まで否定されるの。おめえのIQが高けりゃ高いだけ価値がねえ！　それが150回よ！　屁《へ》が出るわ！」
小山田「……いや、なんで屁が出るのかわかりませんが」
葛井「命ひとつ、会社にかけれるか？　って聞かれたことある？」
小山田「命ひとつ」
葛井「基本じゃない？」
小山田「それって何？　死ねるかってこと？」
葛井「謎《なぞ》かけよね。考えた結果、しばらくして子供を作って堕胎《だたい》手術をしたんです」
小山田「え？」
葛井「その診断書を会社に送りつけたの」
小山田「冗談でしょ！」
葛井「基本じゃない？」
サイゴ「エクセレント！」
小山田「待って。じゃ、なんであなた、ここにいるの？」
葛井「半年後、我が社は倒産しましたって通知が来たの」
サイゴ「トラジディー！」
葛井「とーこーろーがよ。一年ぶりにその会社の前を通ったら……。営業してたのよ。何げな顔して、普通に」

間。

葛井「基本じゃない？」

社員1・2・3、出てくる。
社員1・2、座る。
社員3、傍らに立つが、少しそわそわしている。

社員1「おはよう、と、こっちが先に言わなきゃいけないかな」
葛井「すいません！　おはようございます」
サイゴ・小山田「グッモーニング・サー！」
社員1「一時間遅刻したが、とくに理由はない。謝るつもりもない」

間。

葛井「は、はい！」

サイゴ・小山田「イエッサー！」

社員1「理不尽と思われるかもしれないが、組織に所属するということは理不尽の連続だ。これは、ま、プロローグにすぎないわけで」

サイゴ「エクスキューズミー・サー。無学なもので、理不尽の意味がわかりません」

社員2が、唐突にサイゴを殴る。

社員2「（手を押さえ）いたた」

社員1「これが理不尽。もっとも、理由を見つけようと思えば、いくらでもある」

社員3「（口元を隠しながら）それが就職の面接に来る格好《かっこう》かよ！　ていうか、こんな右下《みぎさ》がりの会社に入ろうとするおめえの安い根性が気にくわねえんだよ！」

社員2「あと、チョビ髭が中途半端におもしれえんだよ！　とくにおもしろくなくていいんだよ、会社員は！」

社員1「勘弁してほしい。君らの一人が採用されれば、自動的に彼（社員2）がリストラされることになっている」

社員3「そういうシステムだ」

社員2「……白血病の妻と息子がいる。中学生になる」
社員1「少し、ナーバスになってやんの。まあ、大目に見てくれ。（書類をほうり投げて）葛井ケイコ！」
葛井「はい！」
社員1「前に出ろ」
葛井「はい」
社員3「もっと、おもしろく出れないのかよ！」
葛井「あ、あ（おもしろくしようと）」
社員1「いや、この場合、別におもしろくなくていいだろ」
社員3「すいません！　おもしろく出るな！」
葛井「は、はい（緊張してギクシャクする）」
社員3「結果的におもしろいじゃないかよ！」
葛井「すいません！　おもしろですいません」
社員1「とりあえず、そんなおもしろな君を我が社が採用する理屈は、100％ない。ナッシング！」
葛井「……はい」
社員1「服を脱いでみろ」
葛井「……」

社員1「何か、風向きが変わるかもしれない」
サイゴ「ポエティック！」
社員2「なめてんのか」
社員1「まあ、いい、彼は後でたっぷりやる」
社員2「しかし！」
社員1「（社員2を抱いて）眠れや。100％採用はないが、それでも、脱ぐのか脱がないのか。どっちでもいいんだよ、こっちは。興味もないし」
葛井「（脱ぐ）脱ぎます」
小山田「100％ないって言ってんのに」
葛井「基本じゃない？」

その時、『酒とバラの日々』が鳴り渡る。
ケイタイを取り出すサイゴ。

サイゴ「すいません、着メロです」
小山田「やられた！　面接で着メロ。ワンポイント！」
社員2「切っとけよ、こらあ！」

社員1「眠れや」
サイゴ「ああ、峰子母ちゃん？　うん、順調。……極東東光オフセットってポルノ雑誌ばっかり印刷してる会社。うん。変なおじさんがいっぱいいて退屈しないよ。……どうしたの？　……そう。（小山田に）ニュース。スパイダー・カドカワが死んだって」
小山田「へえ！　もうやってんだ」
サイゴ「……うん。きっと彼は、もう必要ないから死んだんだよ。あんまり寒いと、人って死ぬじゃない？　それみたく、不必要のあまりに人が死ぬってこともあるんじゃない？　はは。……うん。頑張るよ」
社員1「用件はすんだかな」
サイゴ「アイム・ソーリー！　サー！」
葛井「あの、脱いだりしてみちゃったりなんかしちゃったんですけど」
社員3「おもしろい言い方、しなくていい！」
社員1「（社員3に）ここは、おもしろでしょう」
社員3「もっとおもしろく言え、コノヤロー。脱ぎ……、さ脱ぎウドンとか！　さ脱ぎウドンは小脱ぎ粉でできてますとか……。もう、殺せ！」
社員1「（サイゴに）さっきの着メロ、『酒とバラの日々』かい？」
サイゴ「よく、ご存じで！」

▲
**松尾スズキ**
（社員１／臼田）

記録的に自分の出番が少ない作品ではないでしょうか。
らく、ちゃあらくだけど、ずーっと楽屋で待ってる時間てなあ、
なかなかいやされないものがあります。
ほんとはもっと踊りたかった。

小山田「グーグー！　ナイス会社員！」
サイゴ「ヘンリー・マンシーニ作曲。僕らの嫌悪する、アル中映画の挿入歌です」
社員1「……その選曲のセンスといい、君のその髪型やチョビ髭といい、何か、世の中に対するアンチテーゼと解釈していいのかな」
サイゴ「チャップリンとヒトラーを、同時に表現してみました。ラブリーとデストロイです」
社員1「そういう挑発的な口のきき方をする子供は、別に珍しくないよ。奇抜を狙ってるのならせめて珍しくあろうよ。せめて、クリオネくらいはさ」

クリオネの真似をする社員たち。

葛井「少し寒いです」
社員1「それ、ダブルミーニング!?」
社員2「服、着ればいいじゃない！　ちゃちゃって、着ちゃえ。か。当たり障りのねえ裸だな。普通、なんかこうひっかかるもんがあるだろ。非日常なんだからさ。へそ毛が異常に1メートルとかさ。陥没した乳首にシャチハタネームが保管してあるとかさ。ひとつ裸になったら、ひとつミーティングが開けるくらいの話題性がほしいんだよ、企業てえものは」
葛井「（服を着ながら）あ……私、このへんが酸味が強いって言われます。……ポッカレモンの味がするって」
社員2「ポッカレモンの味がするのか！」
社員1「（社員2を殴る）うるせえんだよ、ポッカポッカもう」

音楽。
服を脱ぎ、サイゴたちに向かい合う社員1。

サイゴ「なんで脱ぐんですか」
小山田「脱がないほうが、全然、恐かったのに」

服を着る社員1。

小山田「意外と素直な人だな」
社員1「……最後の質問と思ってもらいたい。……君たちは、一体、この会社で何がしたいんだい」
サイゴ「愛です」
社員1「愛」
サイゴ「愛の意味を探したいんです」

社員2「うちはね、テレクラじゃないんだよ。それにおじさん、テレクラ行ってもね、愛、見つかんなかった」
サイゴ「始めるよ。小山田くん」

間。

サイゴ「(いい声で)あなたたちは、どいつもこいつも、イッチョたりとも日本の役に立たないゴミ以下のノータリンどもであります」
葛井「何言ってんの、あんた! 気でも狂ったの?」
サイゴ「キチガイは、あんただろ? 僕の夢は、大きな龍に乗って、あんたらを、あんたらの町を焼き尽くすことです。あんたら、まとめて死んじまえ。死んでよし」
小山田「あ、それ、すごい! 面接、来といて、死んじまえ。やられた! おい、ジュン、付けてるか? サイゴくん、もう1ポイント!」
社員2「ふざけるな!」

社員2、無抵抗のサイゴを殴る。
小山田、社員2に飛び蹴り。

サイゴ「やるう。小山田くん、面接で飛び蹴り！」
小山田「ジュン！　ポイント！　ポイント！」
サイゴ「でも、だめだよ。小山田くんのテーマは、キリストじゃん！　愛がなきゃ」
小山田「キリストだって、怒れば蹴るでしょう！　油そばを食べたら、もたれるでしょう？」
サイゴ「もたれないよ！」
小山田「もたれるさ！　おい、ジュン！」

ジュン、おどおど出てくる。

小山田「キリストだって、お腹、もたれるよな」
ジュン「東京の人のことは、わかんないよ！」
小山田「キリストは東京の人じゃねえよ！」
社員1「遊びなんだあ、おまえら」

間

サイゴ「今頃、気づいた人がいる」
社員1「若造……。俺たちはサラリーマンだ。俺たちにはどんなひどい一日が終わっても、必ず明日《あした》がやってくる。どんなに逃げても逃げても、明日は絶対にやってくる。怖《こえ》えだろ？　明日に毎日往復ビンタくらって、俺らのホッペタは、ガビガビよ。明日という三角木馬にまたがりすぎて、俺たちの股間は、鋭角的よ。アルマーニのスーツ着て、カレーうどん食えるか？　サラリーマンは、食えるんだよ。明日がくるから、食えるんだよ（警棒を出す）」
小山田「自信満々だけど、最後のほうがわかりづらいな」
社員1「俺の目が黒いうちは、明日という字に自由というルビはふらせねえ。たといそれが神であろうとも、明日という字にだけはふらせねえ」
サイゴ「このサラリーマンは、知らないんだよ。僕達が、その明日なんだよ」
小山田「サイゴくん。この面接に関するキリスト的解釈を見つけたぞ。彼らは、人《ひと》かい？」
サイゴ「この醜悪さは、まぎれもなく、人だね」
小山田「神は、己れに似せて人を作った。ならば、彼らに1％たりとも似てない僕らはなんだろうって話」
サイゴ「今後の課題だね。（ケイタイを出す）小山田くん。音楽、ちょうだい！」
小山田「（ケイタイをかける）ＯＫ。サイゴくん」

『酒とバラの日々』が鳴り渡る。

サイゴ「ありがとう」

サイゴが社員1を殴り、5人の乱闘が始まる。

ジュン「なんで！　わかんないよ！　東京って、こんななの？　こんなことになってんの？」

ほとんどの社員をのし、初めは優勢だった小山田とサイゴだが、葛井が加わり、急に劣性になる。

小山田「(殴られて) わあ。なんだ、この女」

ジュン「や、やめてください」

葛井「……奴隷が、奴隷をかばってやんの (サイゴを殴る)」

サイゴ「(殴られながら) ちょっと待って。なんで君、こんなに強い必要があるの？　なんの需要？」

葛井「やかましい！ (サイゴに馬乗りになり) 犯すぞ、こら！ (サイゴのシャツを引き裂く)」

小山田「デジャヴだ。どっかで見たことある。この光景。僕らが女に負けている」

サイゴ「や、やめてよ！　ああ！　やあ！　僕は一生イカないって決めたんだ！　お、小山田くん」

小山田「ジュン！」
ジュン「うん」
小山田「サイゴくんが、犯される」
ジュン「……」
小山田「……」
サイゴ「（驚いて）見学ぅ!?」

プラグを首に下げているサイゴ。

葛井「……何、これ。プラグじゃん、しかも、これ、ニトロ……」
サイゴ「……ニトロ？　よ、よせ！　あん！　ああっ！」
葛井「かっこいいじゃん。……ちょうだい！」
サイゴ「だめだ！　これだけは！」
葛井「あんたみたいな青二才が持ってていいもんじゃないんだよ！」
サイゴ「僕のなんだ！　僕がひらったんだ！」

血みどろの女が、別の場所に現われて叫ぶ。

女「ひらったでしょ！」
葛井「危険なんだよ！」
女「大事なものなの！　お願い！」
サイゴ「嫌だ！　カ、カドカワくん！」
女「返してよ！　あたしの貞節を返してよ！」
サイゴ「カドカワくん。助けて！」
女「逃げてもだめ。絶対に見つけるよ！」

カドカワ、飛び込んでくる。

女、消える。

カドカワ「あー！　サイゴくんに、何すんだ！」

カドカワ、葛井の首をつかむ。

葛井「カ、カドカワ？」

カドカワ「サイゴくんを、いじめちゃだめでしょうに」
葛井「……あんたが、カドカワ？」
カドカワ「おっぱい、ぎゅ～！　って」
サイゴ「いだ、いだ！　こ、このバカが？」
葛井「女。あんた、何もんだ？」
サイゴ「……じ、じぬ」
葛井「カドカワくん。もう、よせ！」

社員3、灰皿でカドカワの後頭部を殴る。
昏倒《こんとう》するカドカワ。

社員3「仕返しなの――！」

社員3、泣き崩れる。

葛井「……見つけた。……見つけた！」

走り去る葛井。
間。

小山田「なんなんだ、ありゃあ」
社員3（実はピーチ）「畜生。あたしがせっかく無理やりオカマを捨てて真面目に働いてる会社で、好き放題やりゃあがって……。この人でなし！　あたしは醜悪なホモサピエンスで結構、あんたらに似たくもありません。あんたらはね、ひ・と・で・な・しよ！」
小山田「お、やっと、女言葉が出た」
サイゴ「あんたも、カドカワくんをやった。五分五分でしょ」
小山田「コナカのスーツを着た連中に、ファッションのことをとやかく言われることだけは、許せない。ピーチさんだってそうだろう」
サイゴ「そう。後で詳しく説明するが、この偽サラリーマンは、カドカワくんのお父さんの元恋人の、例のオカマだ」
ピーチ「あたしのは、スーツじゃないのよ。あたしは包茎《ほうけい》なんです。これはね、包茎の皮が伸びて進化したものなんです！　ある意味、スキャンダラスよね」
サイゴ「……どう解釈してよいやら」
ジュン「……（落ちているワッペンを拾って）スペルマドラゴン」

ピーチ「え？」
サイゴ「スペルマドラゴン？」
ジュン「知らないの？　最近、新聞によく載ってる」
小山田「あいにく、上質な人間である僕達は、新聞なんてゲスな臭いのする印刷物は手にとらないからな」
サイゴ「（ワッペンを見つめて）龍だ。僕の夢によく出てくる龍だ……」

赤い目をした龍が、どこか空中に浮かぶ。

小山田「……本当だ。サイゴくんがデザインしたシャツの柄と、同じじゃん。このワッペン。これ、あの女が落としてったのかな」
ピーチ「スペルマドラゴン。別名、優秀精子強奪《ごうだつ》団のシンボルマークよ」
小山田「精子強奪団？　何、それ？」
ピーチ「優秀な男をレイプして、その精子をブラックマーケットで売買してる、ホルモンバランスの狂った色キチガイ女達よ」

別の場所に、若い男を追いかけてレイプしている黒ずくめの女たち。

ピーチ「三年前、ホレ、そこにぶっ倒れてるカドカワんちに、いまいましい宇宙から来たクソの塊が、落ちたでしょ。あれから、噂《うわさ》が拡がったの。……宇宙人みたいな女が、今流行の遺伝子ベイビーじゃなくて、昔風に、ちゃんと男の精子で子供を産みたい女たちを集めてるって」

サイゴ「そうか。……思い出した。一部の女たちの間で、性欲ってものに、必要以上のスポットライトが当たってることは知っていた。少しまた話は逸れるが、性欲おばけに関する僕と小山田くんの最も反省すべき点を、ちょっとだけ話そう。実際、カドカワくんが駄目なことになってからの僕と小山田くんは、自暴自棄になって、数多くの女たちとセックスをしまくった」

いつのまにか、女たちとセックスしている、サイゴと小山田。

サイゴ「女たちが性欲おばけなら、僕らはセックスメカ1号2号だ。僕たちのクールでシステマティックなテクニックを前に、女たちは、これもんで感じまくっていた。だけれどもって話さ。だからって、僕らがつられてエクスタシーに達するようなへまはしない。それは絶対、バッ！」

小山田「つまり、女たちはいつだって、僕らにとって排泄《はいせつ》の道具以下の存在だったってこと」

サイゴ「はははは。笑ってるよ。この外人」

小山田「はははは。外人て、セックスで笑うのな」

サイゴ「見てて。（腰を振り振り）4回目で笑うよ。1、2、3……」
外人「アハ！　……アン、アン、アン、アハ！」
小山田「4コママンガみたいなセックスだね。この光景を誰かが、たとえばさ、500人くらいの人が椅子に座って向こうから見てたら……ひくね」
サイゴ「あはは」
小山田「そういえば、不思議なほど、相手に困ることはなかった。僕とサイゴくんは、カドカワくんが戻ってくるまでの二年間、ほんと、反吐《へど》が出るほどセックスをして、そして、恐るべきスピードで飽きたんだ」
サイゴ「へへ、小山田くん。まさか、イッてはいないだろうね。」
小山田「僕を侮辱する気？　奴隷だって怒るぜ」
サイゴ「（女に）ちょっと、君、自習。……あの隕石がカドカワくんの家に落ちたとき、カドカワくんだけが生き残ったじゃない。バカになっても、生き残ったじゃない？　これはさ、絶対、なんか意味があることだと、僕は睨《にら》んでるんだ。もし神がいるとしたら、僕らは、今、センスを試されてるんだろうと思う。思うし、僕らのセンスが神様なんかに負けちゃいけないとも思ってるんだ」
小山田「神様ってあの、白いネグリジェみたいなのを着て、エコーのかかった声で喋《しゃべ》る人でしょ？　おーまーえーはー、とか言って」
サイゴ「なんか、『（東急）ハンズ』で買ったみたいな髭と羽根つけてさ。浮いてんの、5センチくらい。なんでだろ」

小山田「かーみーだーかーらー」

サイゴ「はは」

小山田「あんな、『ハンズ』で一式揃えた奴に負けるわけないじゃん」

サイゴ「だから、カドカワくんがバカになったからといって、僕らは彼との約束を破るわけにはいかないいんだ。カドカワくんが生き残った意味を台無しにしちゃいけないいんだ！」

女「イクぅ！」

サイゴ「終了！」

女を蹴とばすサイゴ。

小山田「（客に）ひとつだけ、墓場まで持っていきたい話がある。これが最後、そう思ってやった女が、偶然、母ちゃんに似てることを発見した僕はつい。あー！　……イッちまった。これは、サイゴくんには言ってない。殺される。ただ、罰が当たった。本当に最後と思ってやっちまった女に、僕は、取り返しのつかない病気をもらったんだ。半年前のことだ」

激しく咳き込む小山田。

▲

**宮藤官九郎**

（小山田）

モノローグが多くて気が狂うかと思った。前半は台詞噛まないことが７割、
ツッコミ外さないことが２割、素に戻らないことが１割、そんな感じだった。
疲れやすいので、
阿部くんが喋ってる間だけは舞台上で思いっきり休んで体力を温存した。

消える女たち。

ジュン「小山田くん！　血が出てるよ！」

小山田「……東京の人間だからね、しょうがないよ」

サイゴ「じゃあ、あの尻軽女たちも……どうりで、中で出せってうるさかった」

ピーチ「その性欲おばけたちがアンダーグラウンドで組織化されたのが、スペルマドラゴンよ。要するに、趣味と実益の一致ってことじゃないの？」

サイゴ「その宇宙人みたいな女って、誰なの？」

ジュン「宇宙人じゃないけど、なんか、宇宙から来た生物が乗り移った女だって、田舎じゃ、みんな言ってるよ」

ピーチ「あたしは脳卒中のリハビリで地獄を見てるカマだから、そんな与太《よた》、信じないけどね。倒れるわよー。毎日漬物1キロ食べてると。エベベベ」

ジュン「でも、すごい。本当に、いたんだ。スペルマドラゴン。なんか、かっこいいな。近未来SFみたいなかっこで、男をレイプしまくってるんだよ、きっと」

大げさな音楽。

別の場所。嫌な感じのセーターを着たサヤカとドーン。

ドーン「サヤカ」
サヤカ「何、ドーン」
ドーン「スペルマドラゴンのコスチュームなんだけど」
サヤカ「ああ、これ、あったかくて、いいねえ」
ドーン「もっと、パッとしたのにするのは、なしか?」
サヤカ「なんで。いいじゃん、これ! おつなもんだよ。五月くらいまで着れるし。飽きのこない柄《がら》だ」
ドーン「目がこんなふう(メーク)なのに、似合わないよ! なんか、漫研みたいだよ!」
サヤカ「(ドーンを殴る)あたしたちはね、女たちの正しい出産のために、戦ってんだよ。生き残るための戦争なんだ。目立つかっこもできないだろう!」
ドーン「これも、けっこう目立つよ!」
サヤカ「また、剃りぬくよ」
ドーン「……もう、あと、一個しかないから、だまるしかないね」

着メロ。
ケイタイを出すサヤカ。

▲
**池津祥子**
（サヤカ）

マッチョな女の役で、稽古中は満身創痍。

自分の体力の衰えを痛感し、若年性痴呆症に脅え、人間ドッグを検討し、保険や年金についてアレコレ考えさせられた、そんな公演。

一年経った今、やっとマッチョになりました。

サヤカ「……葛井ケイコだ。……もしもし」
ドーン「その着メロも、どうかと思うよ」
サヤカ「（ドーンを殴り）ほんと？　確かなの？　……場所は？」

間。

ドーン「……どうした？」
サヤカ「カドカワハルキが生きてた」

サヤカと女たち、去る。

サイゴ「……でも、なんでだろう。あの葛井って女、これ（プラグ）を、欲しがってた。そんないいものなの、これ？」
ジュン「わかんない」
ピーチ「はい、スペルマドラゴンの話は、もー、おしまい！　気が済んだでしょ」
小山田「まあ、思うさま面接というものを堪能させていただいたよ」

ピーチ「あー！　憂鬱《ゆううつ》！　あんたらに脅されて、書類選考で通しちゃったんだから。始末書じゃ済まないわ」
ジュン「ねえ、なんか、この人、かわいそうだよ」
小山田「ところが、まだ、メイン・イベントが残ってるんだね」
サイゴ「（客に）やっと、僕らが、この極東東光オフセットに来た理由《わけ》を話そう。性欲おばけに飽きた僕らは、カドカワくんの報復のために、寝食を惜しんでピーチさんの居所を捜し当てた。ピーチさんときたら、人格改造セミナーに通ったあと、オカマを隠して、印刷会社の会社員に収まっていた」
ピーチ「もう、仕返しは充分でしょ！　これ以上、引っ掻き回したって、なんも出てこないわよ！　あたしもね、そんな引き出しの多いカマじゃないの！」
サイゴ「ところがですよ、あんたを脅迫してこの会社のことを調べるうちに、僕らは、ビッグニュースをつかんだんだよ、このクソポルノ印刷会社の社長に関するね」
ピーチ「あー、もう！　こいつら（気絶している社員たち）が起きちゃうからあ」
社員１「もう、起きてる」
ピーチ「いやーだーー！」
社員２「おめえも、このキチガイどものグルだったんだな（社員３に）」
社員１「この、カマ野郎」

復活し、ピーチに近づく社員たち。

ピーチ「とうとう、正念場ね」

ピーチ、観念して、お尻を出して、みんなに向ける。

ピーチ「誰から？　誰からよ！」

間。

ピーチ「こっちから、選んでいいの⁉　のっかれ！　社員に！　シャインニオーン！」

社員2「（ピーチを蹴り殺し）警察を呼びます」

小山田「そういうわけには、いかないねえ！」

小山田、血液の入った注射器を出して、社員1の首筋に当てる。

社員2「何してる！　（駆け寄る）」
小山田「僕の血液を、分けてさしあげます」
社員1「なんだと」
小山田「ねえ、僕のシャツを脱がせてみて」
社員1「……やれ」
社員2「（小山田のシャツを脱がせて）あ」

小山田の体には、斑《まだら》の吹き出ものがいっぱい。
ものすごくひく、ピーチ。「ひゃあぁ」。

社員1「エイズか？　そんなもな、こわかねえぞ」
社員2「そうだ。今は、血清で治る。ヘルペスみたいなもんだ」
ピーチ「でも、ち、違う。その斑《まだら》、新型」
小山田「僕が、エイズなんてアジアの後進国丸出しの病気に、なるわけないでしょ」
サイゴ「小山田くんのはね、二年前イタリアで発見された、新しい、プラダっていうウィルスさ」
小山田「どう、吹き出ものがプラダのマークっぽいでしょ。感染後半年で確実に死ぬブランドだ。ジュン。どう？　キリストは血をワインに変えたけど、僕は最終兵器に変えた」

ジュン「……うん。す、すごい。小山田くん、５ポイント」
社員１「よ、要求はなんだ？」
サイゴ「（肖像画を指差し）社長室に案内してもらおう」
ピーチ「しゃ、社長に？」
サイゴ「蟬丸東光に会わせろ」
社員たち「えー？」
サイゴ「どう、ジュンさん、面接に来て、社長に直《じか》談判だ。これ、すごくない？」
ジュン「すごい。認める。これはもう、すごい。10ポイント！」
サイゴ「先に10ポイント！　僕の勝ちだ！」
小山田「また、奴隷かよ！」
サイゴ「うれしそうだね」
小山田「悔しいよ！」

間。

ジュン「……ねえ。あんたたち、すごいんだね！」
小山田「……へへ。今頃。この。電気椅子！」

ジュン「ええ？　電気椅子？」
サイゴ「君のニックネームだよ」
ジュン「……（夢見るように）電気椅子かあ」
サイゴ「さあ、下郎ども！　案内しろい！」

別の場所。
半裸の醍醐が、煙草を吸いながら現われる。
奥から女の声。「煙草。あたしにもちょうらい」。

醍醐「（煙草を投げて）今のあんたにゃ、ブルーカラーの煙草もよく似合うな（鼻歌）」

醍醐の上着を持って、半裸の女・ナツコ、登場。
煙草をくわえ、びっこを引き、ケロイドに覆われた顔を、髪の毛で隠している。

ナツコ「あんたとお似合いだって言いたいの？　ハイ。頼まれてた精子。医者と、東大生。ダブルで400万」
醍醐「おう」

ナツコ「クライアントから入金があったら、あたしの口座に振り込んどいてちょうだい」

ナツコ、上着を投げる。その時銃が落ちる。

醍醐「もともと、誰にでも抱かれる女だって知ってたぜ。元風俗嬢だって噂も、あるしな」
ナツコ「醍醐さん、新しい犯罪者で、すごいのいないの？　昔みたいに、すごい心を覗《のぞ》きたいの。あんたが紹介する奴はねえ、全部、小粒なの。あんたサイズなの。青い眼鏡をかけてるの。ちびっこいの。なんかねえ、蚊が飛んでるような声なの。（高い声）あーー」
醍醐「（ひっぱたく）俺じゃねえか！」
ナツコ「……い・ま・の・殴りも、もう一つ、見せる殴りになってないんだなあ」
醍醐「誰に見せんだよ！」
ナツコ「そ・の・突っ込みも、切れ味が……」
醍醐「うるせえな！　あんたをこの部屋に入れるだけで、どんだけリスク背負ってると思ってんだ」
ナツコ「お互い様よ。あんたの頭で、スペルマドラゴンを宇宙人騒動にすり替えるなんてこと、思いつく？」
醍醐「それは、カドカワのアイデアじゃねえのか？　隕石にグッチャグチャにされたよお」

間。

醍醐「(ナッコを抱き、キス) 愛してんだよ」

ナツコ「ごめん。感じない」

醍醐「こんな不細工な女、愛してやってるのに、なんで、感じてくれねえんだ！　(乳をまさぐる)」

ナツコ「ええ、昔々、あるところに、エクスタシーがおりましてね。ご隠居が声をかけます。おい、エクスタシー、どこイクんだい。ええ？　あたいはね……あれ、あたいはぁ、どこにイクんだい？　あたしが聞いてんだよ」

醍醐「(泣く) 落語が始まっちゃったよお！」

ナツコ「しょうがないよ。あたしは、あの爆発の日、なんだかもう、すっからかんになっちまったんだから。だから、死んでるかもしれない男の約束、守り続けるしかないんだもん」

電話の音。

去るナツコ。

醍醐「おい。あんたさ、儲《もう》けた金、何に使ってんだ」

ナツコの声「……本当なの!? 本当なのね！ サヤカさん！ あたしも、行っていい？ いや、行くわ！」

醍醐「（つぶやく）カドカワが生きてたとしても、あんな化け物、抱きませんよ。ホーッホッホ」

ナツコ、「誰の真似ー？ 超うけるー」と言いながら、ニコニコしながら現われる。

ナツコ「（抱きついて銃を奪いながら）あたしが儲けたお金、何に使ってるか、教えてあげようか」

醍醐「……？」

ナツコ「東京原発に投資してんだよ」

醍醐をピストルで撃つナツコ。

ナツコ、去る。

廊下を行くサイゴたち。

ジュン「ねえ、あの隕石って、このバカの人の家に落ちたの？」

サイゴ「カドカワくんが持ってる」
カドカワ「石？　（ポケットから石を出す）へへ。空から、モガーて、来た。僕に贈り物なのだ」
ジュン「え？　そんなちっちゃいの？　あたしが田舎で聞いたのと違うなあ」
小山田「どうなってんだ、あんたの田舎じゃ、あの事件は」
ジュン「あの隕石に、宇宙から来た虫みたいのがくっついてた。ってところから始まって、それが女たちの脳に入り込んで、東京であんな騒ぎを起こしてるってふうになってった。あたしの弟とか、普通にそう思ってるよ」

遠くに、宇宙人の影が浮かんで消える。

小山田「そっちのほうが、おもしろいじゃん。意外とアグレッシブだな、田舎者って」

サヤカとドーンと、ナツコが、合流する。

サヤカ「着ないんだ。セーター」
ナツコ「ごめんなさい。着ないの」

サヤカ「隕石が落ちた日、見知らぬあんたを助けたあたしが編んだセーターよ。せっせと編んだだよ」

ドーン「編んだだよって……うける」

ナツコ「命より、美意識を大事にしたいの」

サヤカ「い、言っとくけど、カドカワを抱くのは、あたしだからね。これは結成の時の約束だから」

ナツコ「わかってる。あたしは、あの人の精子を売るだけ。レイプは趣味じゃない。それに、こんな化け物に抱かれても嬉しくないわ、あの子。アハハハハ！」

サヤカ「病院で盛り上がったの、覚えてる？　あなたもあたしも、カドカワが好き。きっと、同じ夢を見てる。だから、あんたの言うとおり、スペルマドラゴンを作った。でも、あたしとあんたじゃ、夢は一緒に見れても、目覚める場所が違うんだね」

ドーン「そのセーターで言う台詞《せりふ》じゃないよ」

サヤカ、虫眼鏡でドーンの目を焼く。

ドーン「……だから、目は狙うなって」

ナツコ「あたしは、見てるだけでいいの。あの人のＤＮＡが、世界中にばらまかれていくのを。だって、あたしは、大事な貞節を落っことしちまった、不様《ぶざま》な女なんだから」

▲
**ドロレス・ヘンダーソン**
（ドーン・ダベンポート）

嫌われなきゃいいけど。
あらゆる人に。いろんなコトで。
いや、いいや。
おもしろかったから。

ナツコらは去り、サイゴたち、別の場所に。

社員1「（突然）……（社長室は）ここだ」

小山田「わあ！」

小山田の注射針が、社員1の首を貫く。

社員1「……何、ちょっと！　グッとくる感じがあったんだけど。入ったの？　ちょっと、喰《たべ》くん。入ってるの、これ、今？」

社員2「……」

社員1「……なんで、なんで、誰も答えないんだろう？」

小山田「急に止まるから（針を抜く）」

社員1「ああ、ああ、もう、抜いちゃうんだ」

社員2「そんな、おまえ、危ないことしてんだから、いろんなこう、可能性、考えろよ！　人間は、おまえ、突然立ち止まったりさ、珍しいクワガタ虫を追ったりさ、いろいろするよ」

社員1「つうか、これ、さ、だめなの？　もう。3秒ルールとかないの？　つうか、きっともう

3秒以上、たってるけどさ」
サイゴ「ジ・エンド」
社員1「ふうん。じゃ、さ、俺が今できるのは、とりあえずできるのは……早退？　いいよね。喰くん」
社員2「いいんじゃないですか？　死ぬんだから」
社員1「生まれて初めてなんだ、早退するの」
サイゴ「じゃあ、最初で、最後だね」
社員1「……早退だ！　俺は、早退する！」
全員「おめでとう」
社員1「半年かあ。何ができるだろう？　きっと俺の半年は、でっかい半年になるぞ！　焼酎でいえば、大五郎！」

社員1、「早退だ！　早退だ！」と去る。

サイゴ「ドアを開けな」
社員2「こっから先は、誰も入っちゃいけないんだ」
サイゴ「どうして」
社員2「知らない。誰も社長の素顔を見たものはいない。(怯《おび》えている)」

奥から蟬丸の声、「お入んなさいな」。

サイゴ「……いざ。まいろう」

部屋に入ってゆく一行。異様な臭気だ。
入れ替わりに、車椅子の蟬丸が現われる。灰色だ。
手にはビデオカメラを抱えている。

蟬丸「……暗くてすまないな。まぶしいのが、どうも苦手なんだ。もともと色盲なんだが、ここのところ、ずいぶん悪化してね。今じゃ、見えている世界がモノトーンなんだか、自分自身がモノトーンなんだか、区別がつかないって按配《あんばい》さ。もう、あのね、イラストみたいな気分だ」
カドカワ「なんか、くせえ！」
サイゴ「ハル母ちゃんと、アズミ母ちゃんは？」
ピーチ「……知り合い？」
蟬丸「そっちの部屋で、おめかししてるよ。おまえたちが入ってくるのが、モニターで見えていたんでね。いや、よく捜し当てたぞ。サイゴ。ここが俺の会社だって、どうしてわかった」

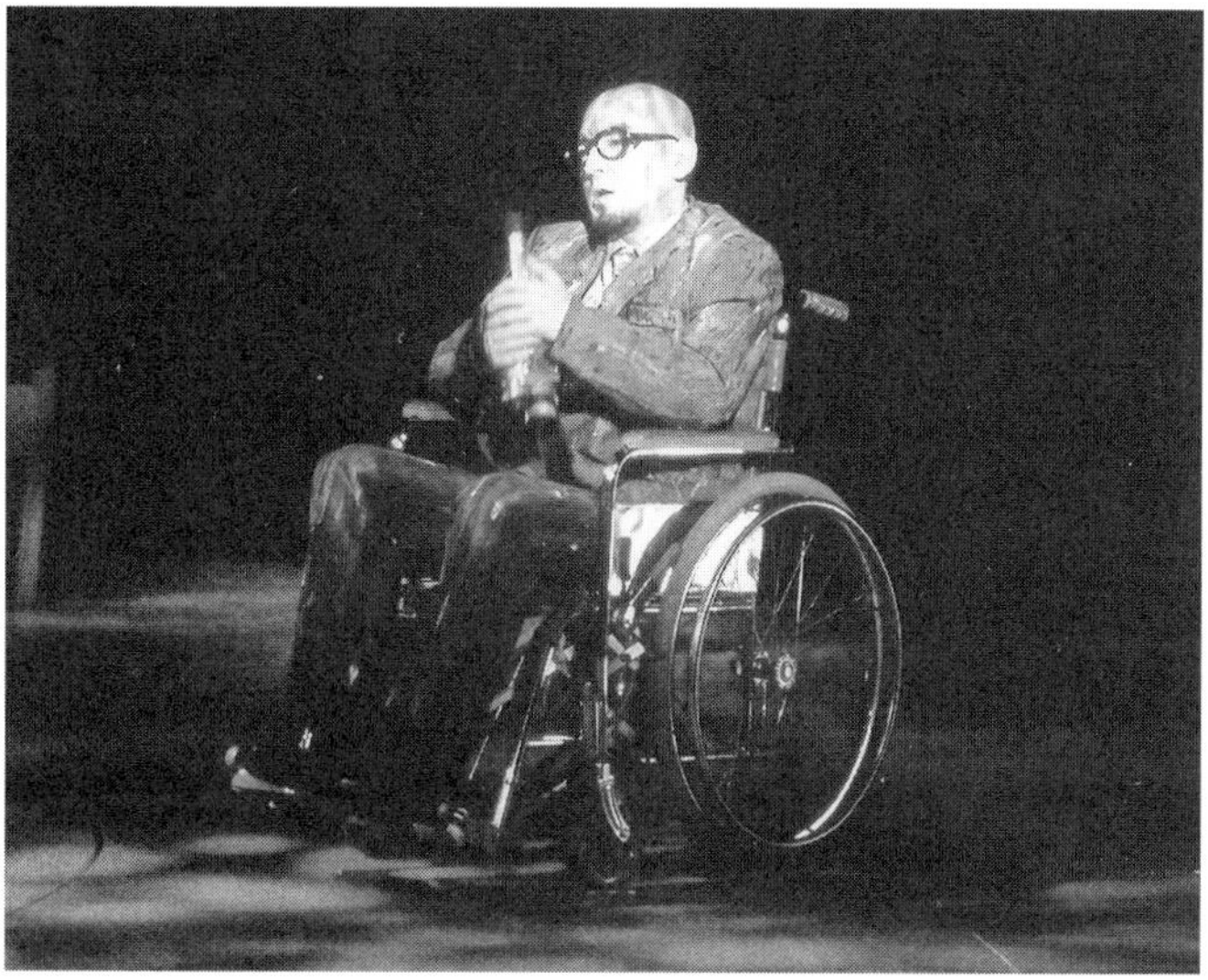

▲

**村杉蝉之介**

（蟬丸）

本番2週間前。頭を剃ったもののまだ台本に自分の役が出てこない!!
９日前。やっと出てきた蟬丸。役柄はマッドサイエンティスト!!
うわ、なんか長ゼリ!!　車イスかよ!!
そんな感じでしたが、好きな役でした。

サイゴ「別に、捜してたわけじゃない。オカマに復讐するゲームを楽しんでたら、自然に、この会社に着地したんだ」
蟬丸「ハルとアズミを連れて、俺は、日本を旅しながら、AVを撮ってた。ちょうど撮り終わる頃だなあ、会社の社長だった親父の訃報《ふほう》が入った。俺は、不肖の二代目ってわけさ。社長ってのも、悪くない」
サイゴ「(手紙を取り出す) 教えてもらおうじゃない。愛の意味とやらを」
蟬丸「今、いくつだ。たくましくなったが、まだ、20前《はたちまえ》じゃないのか。ずいぶん結論を急ぐんだな」
サイゴ「小山田くんに時間がなくてね」
蟬丸「(見て) プラダか。ずいぶん進んでるな」
小山田「最先端さ」
蟬丸「いや、病気がね」
小山田「……」
ハルとアズミの声「あなた、サイゴは来てるの?」
蟬丸「(手を叩く) ハザミ。出てきなさい」

ハルとアズミ、出てくる。
二人は奇妙な肉体をしており、そして、つながっている。かつ、チェーンソーを持っている。

▲
**宍戸美和公**
（ハル）

最初の登場が、白パンツに手ブラ。
いつもとは違う緊張でした。

社員2「うわあ」
カドカワ「ひあああああ！」
ピーチ「う、う、う」
ジュン「宇宙人！」
社員2「ス。スペルマドラゴン？」
ピーチ「ほ、ほんとだったんだ！」
ジュン「噂は本当だったんだ！」
ハル・アズミ「イヒヒヒヒ」

社員2とピーチ、悲鳴をあげながら逃げる。

サイゴ「逃げるな！　ジュン！　直視しろ！」
ジュン「だって、武器持ってる！」
小山田「サイゴくんの母ちゃんだ」
ジュン「ええ？」
ハル・アズミ「おいで」

サイゴ「……ハル母ちゃん、アズミ母ちゃん（涙）」

近づくサイゴを抱く、ハルアズミ。

サイゴ「すごいことになっちゃって」
蟬丸「ハルとアズミは、もういない。人格と肉体を統合して、一つになった」
サイゴ「なんだって？」
蟬丸「彼女は、一人なんだ。俺は、ハルとアズミの間をとって、ハザミと呼んでいる」
サイゴ「ふざけるな。蟬丸。母ちゃんに、何をしたんだ」
蟬丸「これは二人の意志だ」
サイゴ「なんだとお」
ハザミ「私たちは、何も選べなかったの。蟬丸をあきらめることも。どちらかが蟬丸を独占することも。ハルとアズミが別れることも。だから、一人になりましょう。そう決めたの」
蟬丸「俺は、その話を聞いて、以前からあたためてたAVの企画『ザ・根切り』をやってやろうと思ったんだ。根切りってのは、猿回しの世界にある言葉でね。猿を極限まで虐待《ぎゃくたい》し、追いつめて、本能の根を切ってから調教をする。それを人間でやってみたいとずっと思ってたんだね。二人の自我の根を切って、半分ずつにして、それから一人につなぎ合わせる。愛の実験の始まりだ！」

▲
**猫背椿**
（アズミ／葛井／母）

自分のおっぱいを（人目から）守り切る事に疲れた公演。
もう、いいかと思い始めそうな頃に本番に入ったので、かろうじて守り切れた。
でも、また危険な時は守るよ。
守り切るよ。

サイゴ「魂の改造……」
蟬丸「まずは、人間の尊厳を破壊することから始めた。全国を放浪しながら、最低、一日10人の男にレイプさせる。男が見つからなきゃ、女でも犬でもいい。そのノルマを、一年続けた。休みなしだ。夜は公衆便所の便そうの中で、立ったまま眠らせた。音《ね》を上げたときは、気絶するまで鉄拳制裁を加えた」
ハザミ「二人は、いつも、お互いのことを『私』と呼び掛けながら、手を握って正気を確かめあったの。そのうち私は、自分がハルなのかアズミなのかわからなくなってきた。自我が交じり合いはじめているのを、実感したわ。うれしかったよお。でも、それだけじゃ足りなかった」
蟬丸「ほれ、前、住んでた家の近くに、臼田《うすだ》サイクルって自転車屋が、あったろ。あそこの親父は、独学で医学を勉強して、店の奥で無免許で美容外科医をやってる男なんだが、ああ、君が胸に下げてるプラグ。それも、臼田が作ったものだ」
サイゴ「……こ、これを？」
蟬丸「人工のクリトリスだ。あいつは、一時期、クリトリスの位置をあっちこっちに移動させる手術に凝っててね」
サイゴ「これが……」
小山田「サイゴくんの初恋の人のプラグだったのか。ほんとにこれ、臼田って人が」
蟬丸「ま、そういうことばっかしてる男さ。彼に頼んだんだよ。二人を落書みたいな身体に改造してくれって」
ハザミ「私はそして、人間という名の落書になったの」
サイゴ「……」
蟬丸「最後の仕上げとして、俺は、臼田に二人の身体を縫い合わせてもらったんだ」
ハザミ「包帯が解《ほど》けた時には、ハルもアズミもいなくなっていたわ。私はハザミになったの」
蟬丸「二人のハザマの身体だからハザミ、なんていう言葉遊びは、趣味じゃないけどね。ひ、ひ、ひ」
サイゴ「殺してやる」
蟬丸「だが、実験は失敗だった！」
ハザミ「私と蟬丸さんは失敗したの」
サイゴ「え？」
蟬丸「二人を統合するのに血道をあげすぎた。これは、愛の実験じゃなくなってたんだ。一匹の怪物を作る実験だったんだ！　二人は望みどおり一人になったが、私が彼女を愛せなくなっていた。だって……だって（叫ぶ）気持ち悪いんだもん！」

間。

ハザミ「ひどいよねええ」
蟬丸「愛ってうまくいかないね、というお話でした」

サイゴ、蟬丸を車椅子ごと蹴り倒す。

サイゴ「だったら、なんでこんな手紙を書いた」
蟬丸「待て。だが、希望がある」
サイゴ「この部屋には、絶望の臭いしかしない！」
蟬丸「彼女たちに同時に子供ができた」

床から、突然叫びながら、イマヲとムネが飛び出す。二人とも、真っ白であるが、薄汚れている。
別の場所。
サヤカとドーンとナツコ。
悲鳴をあげながら走ってくる、ピーチと社員2。

サヤカ「（社員2に）あんた。極東東光オフセットって、ここ？」
社員2「あ、ああ」

サヤカ「何、泡くってんの」
社員2「しゃ、社内に避難勧告を出した。近づかないほうがいい！」
ピーチ「宇宙人が出たのよ！　とうとう宇宙人が出ちゃったのよ！　キャー、何、このセーター」

ピーチと社員2、逃げる。

ドーン「ちょっと待ってよ！」
ナツコ「なんだかわかんないけど、騒ぎが起きてるみたいだね」
ドーン「まずいな。急ごう」
サヤカ「ナツコさんは、ここで見張りを頼むわ」
ナツコ「……」
サヤカ「わかるでしょ。足手まといなんだよ」
ナツコ「アハハハ。本当だ」

サヤカとドーン、去る。

ナツコ「……（笑）あんたにゃ無理だよ。開けてびっくり玉手箱……」

ナツコ、去る。

社長室。

不気味に動き回る、イマヲとムネ。

ハザミ「何百人と交わったから、誰の子かはわからないけど、とにかく、私は二人を身籠《みご》もっていた。心は一つだけど、子宮は二つだから。私たちは産んだの」

蟬丸「君たちを珍しがってる（ビデオに撮る）」

小山田「なんだ、こいつら」

蟬丸「イマヲとムネだ。12歳になる」

小山田たちに触る、イマヲとムネ。

小山田「触《さわ》んなよ、気持ちわりいなあ！」

蟬丸「大きな声を出すな。言葉を教える予定はないんだ」

ジュン「どういうこと？」

▲
**近藤公園**
（イマヲ）

イマヲとムネにはセリフが一言も無いのです。
これは難関だと思い、『カスパーハウザーの謎』という映画を参考にマネてみたら
無垢な感じがしないとダメを出され、まんまと裏目に出ました。
演劇って、難しいですね。

**蝉丸**「文化。俺がハザミを愛せないのは美意識という名の文化のせいだ。人間のしみったれな文化が、真実の愛を邪魔する。しかし、じゃ、文化、捨てれるか？　捨てられない。かつてポルポトがやろうとした、しかし、無理だ」

**シュークリームを持ってきて二人に渡すハザミ。**

**カドカワ**「（食べようとする二人に）あ。シュークリームは『モォガー』て」

**蝉丸**「教えるな！」

**サイゴ**「『モガー』は、言葉じゃないだろ」

**蝉丸**「生まれた瞬間から、二人は、この床下に隠した。言葉も礼儀も、おまえらが後生大事に墓場まで持っていくであろうセンスとやらも、彼らには一切関わりない。しかし、どうだい。どんな生きものでも、性の目覚めはくる」

**顔をなめ合ったりするうち抱き合いはじめる、イマヲとムネ。**
**性器をこすり合わせる二人。**

**ハザミ**「教えてないのよ。自然に始まったの」

▲
**平岩紙**
（ムネ）

シュークリーム毎日食べたので、
最後のほう何を食べてるかよくわからなくなったけど、
嫌いにならなかったです。
今、思い返すと、楽しかったなぁ。

嘔吐するサイゴ。

**蟬丸**「俺は、彼らを見ていると、涙が出てくるんだ。さあ、ここから人間の愛は生まれるだろうか。賭けてもいい。二人は、この床下で、愛に目覚めはじめている。サイゴ。わかるかい。俺は、これを撮るために生まれてきたんだ。（ビデオに撮っている）これが愛の意味だよ。……下品で！　そして美しい！」

無心に、イマヲとムネを撮る、蟬丸。

**小山田**「ジュン。窓、開けて」
**ジュン**「（窓を開ける）……何？」

小山田、『はい、もっとひいて、もっとひいて』などと言いながら、蟬丸の車椅子を押して外に投げ出す。

**ジュン**「小山田くん」
**小山田**「あんたの愛は実用性がない」

スピーカーの声　「極東東光オフセット全社員のみなさん。社内に、未確認の危険な生物がまぎれこんだおそれがあります。すみやかにビルの外に避難してください」
サイゴ　「母ちゃん。ここから逃げよう」
ハザミ　「……もう、いいの。あたしはもう」
サイゴ　「ここには、もう何もないよ！　母ちゃん！」
ハザミ　「(首を振る)」
サイゴ　「……お別れなんだ」
ハザミ　「あなたとの用事はもう、終了したの」
サイゴ　「相変わらずクリアだね。……わかったよ。頼みがあるんだ。カドカワくんをこの会社で面倒見てやってくれないかな。彼、天涯孤独なんだ」
ハザミ　「いいわよ。そのかわり、あたしを二人に戻して行ってくれない（チェーンソーを渡す）」
サイゴ　「ええ！」
ハザミ　「きっかけがほしかったの。あんたがあたしを捜し当てたら頼もうと思ってたの。自信があるの、もう、くっついてなくても、あたしは一人だわ」
サイゴ　「……死んじゃうよ。できないよ、そんなこと」
声　「社員のみなさん。すみやかに外に避難してください。最上階から社長が投げ出されました。異星人によるものと思われます」

遠くを、サヤカとドーンが走っている。
「急げ、ドーン」。

**小山田**「僕がやっといてやるよ」
**サイゴ**「小山田くん」
**小山田**「臼田サイクルに行きたいんだろ？　行って、あの女のことを聞きたいんだろ！　もうすぐ騒ぎが起きる。急いだほうがいい（激しく咳き込む）」
**サイゴ**「……小山田くん。ありがとう」
**小山田**「覚えてる？　あの時の雪辱戦《せつじょくせん》だ。君との差を縮めたい」
**サイゴ**「悪い。じゃ、後で合流しよう。と言いながら、なぜだろう、その時、僕は、もう二度と小山田くんと会えないだろうことを理解していた。……ジュン。あんたも、来い」
**ジュン**「……でも」
**サイゴ**「その子たちを、外に連れ出す。僕一人じゃ、無理だ」
**ジュン**「わ、わかった（ムネとイマヲの手を取る）」
**サイゴ**「……カドカワくん。これでお別れだね」
**カドカワ**「……サイゴくん」

サイゴ「元気でね」
カドカワ「そうだ。サイゴくん」
サイゴ「何？」
カドカワ「おじさんを懲《こ》らしめてくれたお礼に、2万円、あげる」
サイゴ「はは。カドカワくんが書いたやつだろ？」

サイゴに2万円札を渡し、何か耳打ちするカドカワ。

サイゴ「……カドカワくん。君」
カドカワ「(小声) へへ。……ははは」
小山田「さあ、行くぜ！」
ジュン「小山田くん」
小山田「ああ？」
ジュン「100ポイント」
小山田「うるせえ、電気椅子！」
ジュン「……」

サイゴ、ジュン、イマヲ、ムネ、去る。

声「最後の社内放送です。ただ今、我が社に向けて自衛隊に出動要請がなされました」

チェーンソーのスイッチを入れ、ハザミを切り始める小山田。

ビルの外。

サイゴ、ジュン、イマヲ、ムネが走りでる。

ジュン「何よこれ、ものすごい人だかり。テレビまで来てる」

驚愕するイマヲとムネ。

サイゴ「こいつら目立つから、急ごう。……その時、愚かにも慌てていた僕は気づかなかったんだ。僕の胸のプラグが、煌々《こうこう》と輝いていたことを」

サイゴら、去る。

ナツコ、出てくる。

ナッコ「……見つけた。とうとう。……あたしんだ！」

追い掛けるナッコ。

一方、ハザミを二つに切り終えた小山田。

小山田「どう？　おばさん」

アズミ「あたしは平気。……ハルはどう？」

ハル「あたしも。アズミは？」

アズミ「あ」

ハル「あ」

間。

爆笑するカドカワ。

サヤカとドーン、入ってくる。

小山田「……サ、サヤカ！」

ドーン「生きてる！」
サヤカ「……やっと会えたね。カドカワくん」
小山田「何やってるの、おまえ」
サヤカ「うるさい、腰巾着《こしぎんちゃく》！　（蹴りとばす）」
ドーン「サヤカ。変な生きものがいる！」
ハル「こんにちは」
アズミ「変な生きものです」
ハル「前は一匹だったけど二匹になりました」
ドーン「サヤカ！」
サヤカ「気にならないねえ。……今のあたしは、ご飯に手裏剣が混ざってても、気にせず食べちゃうね。ああ、食べちゃうね」
カドカワ「うひあ」
サヤカ「悪いけど、力づくよ。ドーン。小山田を押さえて」

ドーン、小山田をはがいじめ。

サヤカ「さあ、時間がないよ。最強の子供を作ろう。あんた、あのナツコとかいうおばさんに、世界の終わりを約束したんだろう？　オーケイ。その世界で生き残るのは、あたしとあんたの子供だ」

**カドカワ**「セーター。おもしれ」

**ドーン**「なんか、様子がへんだよ」

**サヤカ**「だから、気にならないよ」

**声**「陸上自衛隊です。これより三分後、極東東光オフセット最上階をジェットヘリで爆撃します。まだビルに残っている方がいたら、窓から手を振ってください」

**窓から手を振る、ハルとアズミ。**

**小山田**「あんたらが手を振っちゃまずいような気がするなあ」

**サヤカ**「あたしは、もう、なんにも気にならない。（カドカワをまさぐりながら）この子のチンチンが備長炭でできてたって、気にならないね。ご飯に入れて炊くね。（いらいら）……つうかさ、チンチン、ないじゃん！」

**間。**

サヤカ「何、これ……聞いてないよ」
カドカワ「チンチン、ないない」
ドーン「サヤカ。小山田、こんなの持ってた」

ドーン。小山田のポケットから、性器の入った小瓶を取り出す。

サヤカ「……カドカワのチンチンか！」

サヤカ、瓶から性器を取り出して、カドカワにあてがってみる。

サヤカ「違う！　サイズが違う！」
小山田「けけけけ。カドカワくんのじゃ、ないもん」
サヤカ「どういうことだよ」
小山田「サイゴくんのだもん……」
サヤカ「……」

小山田、サヤカに近づいて、無理にキスする。

サヤカ「（小山田をはり飛ばす）初キスを、おまえ！」
小山田「……プレゼント。最新型だよ」
サヤカ「行くよ！」

ヘリの音。
出ていくサヤカとドーン。

小山田「カドカワくん。逃げなよ。……俺はもう、だめだ」
カドカワ「ヘリコプターがいっぱい。おーい。おーい」
小山田「だめだ、バカに、ヘリコプター、見せちゃ。バカはヘリコプターが大好物だもの」
声「最後の警告です。最上階に、異星人の姿が確認されました。三分後、ミサイル攻撃を開始します」
アズミ「ねえ、ハル」
ハル「何、アズミ」
アズミ「ものすごく生きたね」
ハル「うん。そいでさあ」

アズミ「うん」

ハル「ものすごく、死ねるね」

小山田「クールだ。朝、弁当持って出かけたのに、今はミサイルが僕を狙ってる。すごくクールだ。ああ、ジュンに見せてあげたいなあ」

カドカワ「おーいおーい」

小山田「そうだ。爆撃の瞬間。二人にケイタイで教えてあげよう（ケイタイを出す）」

問。

小山田「僕は最高の奴隷だ」

暗転。

すぐに、サイゴに明かり。

サイゴ「カドカワくんが僕にくれた2万円札には、彼の細かい几帳面《きちょうめん》な文字で、東京を焼け野原にする複雑な計算式が書かれていた」

カドカワ、浮かび上がる。

**カドカワ**「羽田発新潟行きの最終日航ジャンボ、25列Mの席で離陸して13時40秒後に爆発が起きれば、その飛行機は約5分後に操業している東京原発を直撃する」

**サイゴ**「そして、その端に」

**カドカワ**「これは計画が頓挫《とんざ》したときの最終手段（消える）」

**サイゴ**「と、但し書きしてあった。医療少年院で何度も何度も考えたことなんだろう。無意識に書いたのか、それとも、今までカドカワくんが冗談でバカのふりをしていただけのことなのか。今となっては闇の中だ。とにかく、その時の僕は、それどころじゃなかった。なんであの時、僕は逃げちまったんだろう。あの焼け跡の、血みどろの女に、会いたい。それしかなかったんだ」

明るくなり、走っていくサイゴとジュンとイマヲとムネ。

臼田サイクル。三台の自転車。

峰子の股間を覗き込んでいる臼田。

**臼田**「あー！　マンコだー！」

峰子「どうかな？　いけそうか？」
臼田「おい、自転車屋だって、バカにすんな。俺に不可能はねえんだ。もう、すーぐだね。ちょっと待って、仮につけてみる」
峰子「(偽のチンコをつけて) おー」
臼田「ジョン・マルコビッチの頭をイメージしてみた」
峰子「いいね。これでジュンの奴を、今夜。ウヒヒヒ」

サイゴたち、入ってくる。

サイゴ「か、母ちゃん」
臼田「あ、勝手に入らないで」
峰子「おお！　なんだよ、おまえら。ジュン、ちょうどいいところにきた。どう？　これ。おまえのマルコビッチの穴を出せ！　このやろう」
サイゴ「あんたが臼田か？」
臼田「君ら、もうちょっとこう、礼儀ってものをわきまえようよ」

間。

臼田「（サイゴが持つプラグを見て）……小僧。そのオモチャを、どこで手に入れた」
サイゴ「これがどういうものかは、わかってる。隕石の焼け跡で拾った」
臼田「あの精神科医の女の特注だ」
サイゴ「精神科医？　あの女が」
臼田「ああ、頼まれて作った。自分では絶対触れないところに付けてくれって言うから、背中に付けてやった」
サイゴ「何……それ」
臼田「惚れた男の命令だってよ。俺の最高傑作だ。こいつはね、遠隔愛撫ができる。超ハイテクだ」
サイゴ「遠隔愛撫？」
臼田「そい、そこの自転車にアンテナついてるだろ。そっからこう、なんか衛星を経由して、『ワーッ』と電波を飛ばして、女をイカせる。頭の中ではちゃんとわかってるが、説明が下手《へた》で、すまないと考えている」
サイゴ「……この人は」
峰子「どうやって操作すんの」
臼田「自転車こいで……電気起こすんじゃないの」

峰子「超ローテクじゃないか」
臼田「そこだけは、自転車屋のこだわりだ」

イマヲとムネ、自転車のペダルをまわす。

臼田「よせ！　爆発する！　こいつはニトロだ。エクスタシーに達した瞬間、爆発するようにできてんだ」
サイゴ「なんだって！　なんのために」
臼田「ＳＭプレイ用に、一時期、流行った」
サイゴ「その女のことを、もっと知りたい」
臼田「俺が話す必要もないみたいだぜ」
サイゴ「え？」

見ると、サイゴの持つプラグが光っている。
音楽。
ピストルを構えたナツコが入ってくる。

臼田「ひさしぶりだな」
ナツコ「(臼田を撃って) すぐ落っこちる不良品、売り付けんじゃねえよ」

間。

峰子「マルコビッチ……どうすんだよ」
ナツコ「(コートを脱ぐ) 返して。あたしのプラグ」
サイゴ「……」
ナツコ「返して!」

ナツコが背中の絆創膏《ばんそうこう》をはぐと、機械のジョイントが見える。

ナツコ「はめてよ。……さしこんでよ」

サイゴ、恐る恐るプラグをはめる。

ナツコ「……うーし、やっと、女に戻れた。……あんた。なんで、あん時、逃げたの」

サイゴ「……わからない。……ごめんなさい！」
ナツコ「あたしが、あれから、どれほど惨めな想いをしたと思ってんの」
サイゴ「ずっと、あんたのことを考えてたんだ」
ナツコ「あたしもね。だけど、今日で終わりよ」

ピストルを構える女。

峰子「（かばって）やめとけ」

ケイタイの着信音。
サヤカ、別の場所。

サヤカ「ナツコさん、あんた、何してるの、大事なときに」
ナツコ「ごめんなさい。急用ができちゃって」
サヤカ「カドカワ、チンチンなかったよ」
ナツコ「……」
サヤカ「知ってたんだね」

ナツコ　「カドカワくんは、あたしだけに、あれのありかを教えてくれてたんだ」
サイゴ　「カドカワ？」
サヤカ　「あんた、初めっから、その気で」
ナツコ　「カドカワくんの命令だったの。サヤカを利用して自分の精子を世界中にばらまくルートを開拓すること、そして、東京原発に投資すること。そしたら、あたしだけを、世界を焼き尽くすドラゴンの上に乗っけてくれるって、約束したんだから」
サヤカ　「だましたな。この化け物」
ナツコ　「一時はあきらめてた。でもね、化け物は化け物でも、今は、女のお化けだよ！」

間。

サヤカ　「カドカワくんがチンチン預けた男って、小山田でしょ？」
ナツコ　「……」
サヤカ　「(笑う)　持ってなかったよ」
ナツコ　「なんですって？」

電話を切るナツコ。

ナツコ「嘘《うそ》よ！　言ったもん。小山田が持ってるって……」
サイゴ「僕が交換してもらった」
ナツコ「なんですって？」
サイゴ「あんたが探してるものは、僕が預かってる」
ナツコ「何者なの？　か、返して、あたしのものよ！」
サイゴ「返せない。無理なんだ」

サイゴ、チンコを出す。

サイゴ「捜し物は、これでしょ。でも、返してあげられないの。カドカワくんのチンコを、移植した」

へたり込むナツコ。

ナツコ「なんでそんなこと……」
サイゴ「友達だから」

ナツコ「（叫ぶ）あああ、もう、どうしてくれよう」

サングラスを投げ捨て、やけくそでサイゴを犯そうとするナツコ。

ナツコ「これ、入れたら、カドカワくんとしたことに、なるや？　ならざるや？」
峰子「ナッコ！　あんた、自分の息子を犯すのか？」
ナツコ「？」
サイゴ「！」

峰子、カツラをかぶる。

ナツコ「（気づく）峰子さん！」
峰子「まだ……たまあに店に出てる。悪いなあと思いつつ」
サイゴ「母ちゃん。まさか、この人が……」
峰子「サイゴ。あんたを捨てて逃げた母親だよ。あんたに世界の終わりを見せてやれなくて恥ずかしいって、とんずらこいた、大バカ女だよ」
ナツコ「サイゴ？　……この子が？」

間。

サイゴ「ドラゴンの夢を見る?」
ナツコ「……うん」
サイゴ「僕もだ(シャツを指差す)」

サイゴの顔に触るナツコ。
『酒とバラの日々』。

サイゴ「(ケイタイを取って)……小山田くんだ(出れない)」

ジュンにケイタイを渡し、突然、ナツコに長い長い口づけするサイゴ。

ジュン「よくごらんよ。キスは、ああやってするんだ」

興味深げに見つめるイマヲとムネ。

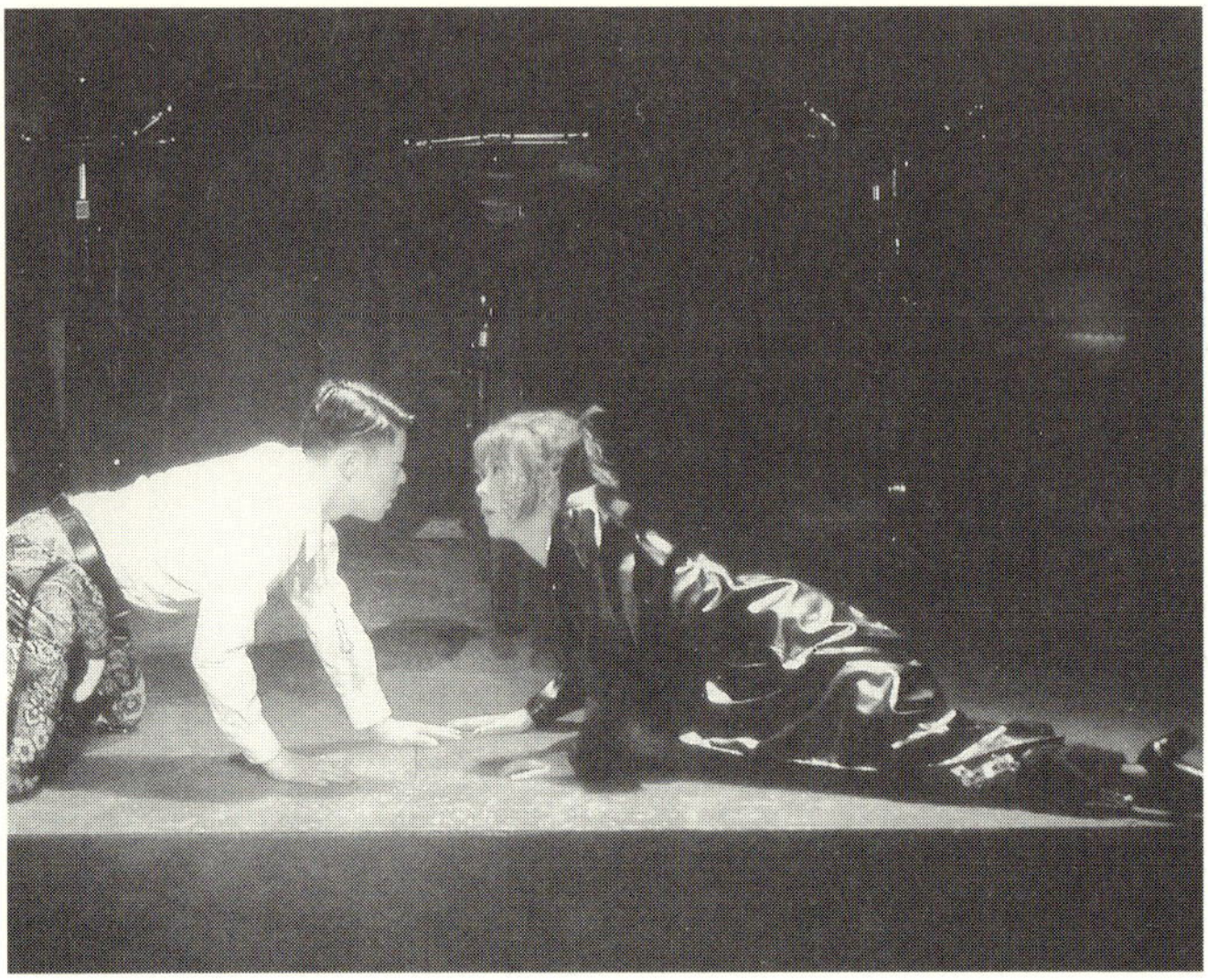

▲
**秋山菜津子**
（ナツコ）

2001年3月末日──雪。満開の桜のその日……『エロスの果て』という作品に
出演していた事はずっと忘れないでしょうねえ。
もどかしかった。とにかく“もどかしい役”でした。
しかし、それは一役者として大変倖せな“もどかしさ”でした……。

サイゴ「こうして、僕たちの初恋は終了した」
ナツコ「……世界の終わり、見せてあげられなかったね」

サイゴ、ナツコに2万円札を渡して、耳打ちをする。

サイゴ「まだ、間に合うよ」
ジュン「(ケイタイに出る)もしもし。小山田くん」
ナツコ「ねえ、サイゴ」
サイゴ「なんだい、母ちゃん」
ナツコ「あの娘(ジュン)、田舎から出てきたばっかりのあたしと、そっくりだわ」

ナツコ、去る。
突然、舞台はジャンボジェット機に変わる。

声「羽田発新潟行き最終便はまもなく離陸します。シートベルトをお締めください」

乗り込むナッコ。

**ジュン**「今日は、いろいろ、すごいことあった。自分の中でもまだ整理つかないけど、小山田くん、きっと、明日から、あたしは慣れていくよ。あたしは、峰子さんに風俗のやり方を教えてもらって、客をとる。感じないと思うけど、感じる日もあったりすると思う。あたしの身体、素朴なの」

**ナツコ**「風俗の仕事やろうと思った日、ディスコのトイレで、知らない男とトイレでやったよ。そん時、すごい、やるじゃんあたし、って思った」

**ジュン・ナツコ**「そうしてあてどなく歩いてたら、峰子さんにスカウトされたんだ。いろいろ、教えてほしいな。あたし、田舎じゃそこそこ勉強できたけど、何から何まで、間違う自信あるからさ」

**ジュン**「たこ殴りにしていいよ。あたし、前歯がないんだ。安い差し歯だから、殴っても平気だよ。教えてよ。これから、あたしの東京が始まるんだから。すごいこと教えてよ！ 小山田くん」

再び、臼田サイクル。

サイゴ「そろそろ時間だ」
峰子「本当にいいのか、サイゴ？」
サイゴ「だって僕、このために生まれてきたんだもん」

自転車に乗ってこぎはじめるサイゴ。
機械にランプがともる。
ジェット機の飛翔音。
椅子に座るナツコと自転車をこぐサイゴ、交互に見える。

ナツコ「これが、あたしの……ドラゴン」
サイゴ「出力が弱い。遠すぎるんだ」
峰子「手伝おうか」
サイゴ「いいの？」
峰子「父ちゃん、って呼んでくれる？」
サイゴ「父ちゃん」
峰子「ジュン、おまえも手伝え」

▲

**田村たがめ**

（ジュン）

ずーーっと
パンツ見せてました。
そして、そのパンチラは、有り難味のあるものなのかどうか、
少し気になったりしました。

三人で自転車を漕ぎだす。

快感にあえぐナツコ。

ナツコ「……サイゴ。一緒に！」

突然、ジュン、ふりかえる。

ジュン「ねえ、あの二人！」

見ると、イマヲとムネが、目を閉じてキスをしている。

ジュン・ナツコ「こっから始まるんだ！　こっから始まるんだね！」

自転車をこぎつづける三人。

完

# あとがき

日差しもいいし、庭に猫のうんこもない。

だもんでぶっちゃけた話をしよう。のっけから。

こういうタイミングで出すこの戯曲本てのはどうなのだろう。なかなかに売りづらいし、売れにくかろう。想像は容易につく。

本来ならば、公演の期間中にすでに出来上がったその公演の戯曲本を会場のロビーで売るという販売形態が、戯曲本を迅速かつ無駄なく売るための最良の方法なのである。たとえば『キレイ』がそうだった。増版がかかったのが販売開始二週間以内というすばらしい好成績を弾きだしたわけよ。

に！

に比べて、公演後一年半という中途半端なタイミングで出した『母を逃がす』の売れ行きは少々残念な感はいなめなかったのでした。ぐずぐずと煮え切らないものがあったのでした。戯曲としては、近年書いたものの中でも上位ランキングに食い込み（当社比）、読み物としてもすばらしいものであると感じてるにもかかわらずである。出版を視野に入れた演劇人にとって、本番公演中のロビーというものは、何よりも優秀な本屋さんといえる。一冊の本が一日数十冊単位ではける本屋はざらにない。サブカルに強いパルコブックセンターよりも頼もしいのである。

ぶっちゃけた話をした。

で！

さらにぶっちゃけた話を許していただきたい。

これまでの話でわかるように、公演一年を経て出版されるこの『エロスの果て』、のっけから苦境に立たされてるのが明白なのだ。本公演の会場で売ることは決定しているが、文藝春秋からも同時に単行本が出る。しかもそっちのほうが、安い。自分で自分に喧嘩売ってるようなものなのである。もう、アラファト議長のように涙目だ。

しかし！　それを押して。売っていこうではないか。つう話だ。買っていこうではないか。つう話だ。負け戦の中への出陣。選択の余地ゼロ。それが、現在の日本の経済の状態なのではなかろうか。小泉内閣すらも倒れた後の日本。そのような先細ったしょぼい未来こそ、我々にとって切実にリアルなSFなのである。しょぼく、たくましく、あろうじゃないか。ショボイズム、そう名づけてもいい。名づけなくてもいい。

そういう意味でも、激務のあいだを縫って今回は装丁にまで手を染めることにした。不況を象徴するような、白水社の東南アジアの月給ほどの装丁料をさらに値引きし、着想から完成まで一か月を要したという、ものすごく燃費の悪い仕事をこなした。この誠実。このタフさ。どうよ。さあ立ち上がろう。立ち向かおう。サバイバルだ。燃え上がろう。手をつなごう。立ち止まろう。手に取ろう。そして買おう。領収書は「本代」でいいだろう。「書籍代」では時間がかかる。後ろの客に迷惑だ。

ぶっちゃけすぎた。

『エロスの果て』の話もしなければならない。
しかし、それに関しては本に書いてあることがすべてだ。
具体的にこれといっていうこともない。

たとえばパンフレットにこんな詩を書いてみた。

これはどういうことなのか。
遥か地の果てからものものしいＢＧＭにのって黒雲の真上にドドンと参上した真っ赤なドラゴンは「あ、そう」みたいな拍子抜けの民衆の反応にただただニヤニヤしている。
ぼく達はもう自分のペニスが勃起しないのを、
自分のバギナが濡れないことを、
それほどに恥じいることはなくなった。
好きなテレビジョンのコメディアンを前に、好きな女の子とのメイクラブを中断するなんてことはそこそこ当たり前であって。
××くん、一生懸命でおもしろい。
15年前付き合い始めた女の子にベッドで言われて赤面した。
懐かしいって感じがする、
そういうのも、なんか。ほんと、ただただ、一生懸命で
すいませんでしたって思い出話で。
一度出現したドラゴンはしかし、消えない。
うねり、もだえ、佇立し、静かに、冷たい炎を吐き、うろたえる。
動揺しつつ、いたしかたなく、宙に浮いている。
いつ、だれが、やさしく言ってくれるのか。
おまえはもう、いなかったことにしてよしと。
あるいはいっそ町を焼き尽くし屠り尽くしてしまえと。
きっと、誰も口にはしない。
どうだろう。ビジネスライクな話だ。
鳴らないはずのマーチが、幻聴のように耳のその奥で高鳴るなか、

ぬめぬめと青光るドラゴンの背中に乗って、
エロスの果てに行くまいか。
その消失点の向こう、
エロスの果てのその果ては、
なにがなにしているのだろう。
エロスの果てのその果てで、
君は凍っているのだろう。

詩を書いてみた。どうかしら。こんな感じで終われば、あなたは前半のギスギスした松尾を、少しは忘れてくれるだろうか。お金もそうだが、文学のことキチンと視野に入れてる。そう感じてくれるだろうか。くれてくれるがよいと、切実に思っている次第だ。

二〇〇二年四月　　　　松尾スズキ

本書は、小学館刊の雑誌・季刊『せりふの時代』(二〇〇一年春号)
初出のものに加筆訂正したものです。

## 上演記録

### 『エロスの果て』

2001年3月14日(水)～4月1日(日)　於：下北沢 本多劇場
4月5日(木)～8日(日)　於：大阪 近鉄小劇場

#### キャスト

ナツコ＝秋山菜津子
サイゴ＝阿部サダヲ
小山田＝宮藤官九郎
カドカワハルキ＝荒川良々
ジュン＝田村たがめ
峰子＝伊勢志摩
ハル＝宍戸美和公
アズミ＝猫背椿
蟬丸＝村杉蟬之介
サヤカ＝池津祥子
ドーン・ダベンポート＝ドロレス・ヘンダーソン
スパイダー＝皆川猿時
ピーチ＝宮崎吐夢
醍醐＝顔田顔彦
イマヲ＝近藤公園
ムネ＝平岩紙
臼田＝松尾スズキ

#### スタッフ

舞台監督＝青木義博、照明＝佐藤啓、
音響＝半田充(MMS)、舞台美術＝加藤ちか、衣裳＝戸田京子、
音楽＝伊藤ヨタロウ、振付＝長田奈麻(ナイロン100℃)、
殺陣指導＝三宅弘城(ナイロン100℃)、舞台写真＝田中亜紀、
宣伝写真＝大橋仁・滝本淳助、宣伝美術＝吉澤正美、
演出助手＝大堀光威・佐藤涼子、演出部＝舛田勝敏・佐藤昭子、
照明操作＝山口功一・伊藤孝・横堀和宏・望月章宏、音響助手＝竹田せり(MMS)、
衣裳助手＝伊澤潤子・梅田和加子、大道具製作＝C－COM、
制作助手＝河端ナツキ、制作＝長坂まき子

著者略歴
一九六二年生
九州産業大学芸術学部デザイン科卒
大人計画主宰
主要著書
『ファンキー！——宇宙は見える所までしかない』
『ヘブンズサイン』
『キレイ——神様と待ち合わせした女』
『母を逃がす』
『マシーン日記　悪霊』
『星の遠さ　寿命の長さ——大人計画全仕事』（編）
『大人失格——子供に生まれてスミマセン』
『第三の役たたず』
『この日本人に学びたい』
『ぬるーい地獄の歩き方』
『演技でいいから友達でいて』
『ギリギリデイズ』
上演許可申請先
〒一五六-〇〇四三
東京都世田谷区松原一—四六—九
カワノ松原ビル四〇二

# エロスの果て

二〇〇二年五月一〇日 印刷
二〇〇二年五月二五日 発行
著者© 松《まつ》尾《お》スズキ
発行者 川村雅之
発行所 株式会社 白水社
東京都千代田区神田小川町三の二四
電話 営業部〇三（三二九一）七八一一
編集部〇三（三二九一）七八二一
振替 〇〇一九〇-五-三三二二八
郵便番号一〇一-〇〇五二
http://www.hakusuisha.co.jp
三陽社・松岳社（株）青木製本所
ISBN4-560-03567-9
Printed in Japan